浅愿集

Qian Yuan Ji

商瑶

——

著

当代世界出版社
THE CONTEMPORARY WORLD PRESS

商瑶

北京海淀人，笔名玲珑翦水，就职于北京市海淀区鹍鹏农工商公司。工作之余喜爱诗歌创作与诵读，热衷于传播中华优秀传统文化。现任北京诗词学会监事、北京曲水兰亭诗社副社长。曾荣获"人民出版社阅读之星""北京市民学习之星""北京市海淀区阅读大使"等称号。

推荐序

田麦久

与商瑶小友因诗结缘，转眼已是七个春秋。

还记得七年前，在兰亭诗友会于 2016 年年初秋组织的诗词雅集活动中，我第一次与商瑶小友见面。这个热情活泼、爱说爱笑的姑娘，立刻引起了我的注意。在诗友会组织的多次诗词创作交流活动中，商瑶历来是群里的活跃分子。她热情分享自己的诗作，和大家一起即兴写诗联句，一起探讨学习。她思想活跃，妙语连珠，常常能够引发诗友们的共鸣。商瑶也是一位优秀的宣讲员，擅长演讲、朗诵和主持，是我们组织公益活动时出色的主持人。她利用业余时间认真准备主持词，补充知识，将自己的诗词储备融入主持当中去，为每一次活动锦上添花。

后来，我们几位要好的诗友创办了北京曲水兰亭诗社。大家一起学诗写诗，探讨创作技艺。商瑶是诗社的副社长，协助果志京社长一起组织诗社活动，并为诗社创办了公众号。她头脑灵活、思维敏捷，常常会为诗社出一些好的主意，提一些很有创意的建议。她是清代著名词家纳兰容若的粉丝，无论是评析纳兰的精美词作，还是在网上朗诵纳兰的传世作品，她都给人留下了深刻的印象。曲水兰亭诗社成立六年来，始终活跃在京城诗坛，与商瑶的努力和热情付出是分不开的。

商瑶是一位真正热爱诗词的才女。读了她十几年间创作的四百多首诗词，我十分感慨。从这些作品中，我看到了她丰富的情感和细腻的内心，看到了她的努力好学，看到了她热爱生活的不倦追求。我不仅为她对中华传统诗词的真心热爱而感动，更欣赏她持之以恒地坚持学习和创作。她的诗词灵感皆取自生活，小到对一草一木的感动，中到对日常生活的珍视，大到对人生世界的感悟。她的诗词中，遣词组句不失女性的温柔典雅，布局谋篇尽显智者的足智多谋。正是经由对一株株花草的咏唱，对一枚枚云朵的驻足，她用心反思、自省、自检，追求着自我修养的圆满。商瑶有着辛苦而繁忙的本职工作，同时在生活中是两个孩子的母亲，她是女儿，是妻子，当然，也是诗人。在业余生活中，她还热心投入公益事业，但是她依然能够让诗词成为自己生活中的野花与清泉，依然可以把诗融入生活，时时诗化着平凡生活的点点滴滴。

热烈祝贺商瑶小友诗集的出版，真心希望商瑶小友在诗词道路上能够继续逐梦、一路生花。

2023 年 10 月

（田麦久：北京体育大学教授，现任中华诗词学会顾问、体育诗词工委会主任，浣花诗社名誉社长。）

推荐序

张力夫

　　中华诗词，不仅是优秀传统文化，更能代表数千年华夏文明之高度。诵读古贤诗词，可以从中感受先人的品格与智慧，可以体会那种或优美或壮美之神奇境界。诗词艺术并未因时间而消亡，此点尤为重要。只要有兴趣，后人皆可参与其中，创作出属于自己之独特作品。《毛诗序》中言："正得失，动天地，感鬼神，莫近于诗。"诗可以"成孝敬，厚人伦，美教化，移风俗"。通晓诗词审美，掌握诗词创作，从小处来说可培养个人修养，从大处着眼亦是为华夏文明传承做出贡献。无论天下之兴衰，一己之情志，皆可寄托于作品中，抒发独特之性灵，成就不凡之生命。

北京商瑶女史，聪慧姝丽，诗词即将结集出版，约我作序，倍感荣幸亦令人惶恐。我与商瑶是多年诗友，见证她作品从早期稚嫩逐渐走向如今之成熟。文笔优美隽永，细腻清畅。从中随处可感受到她对工作之认真、对亲友之良善、对自然之爱心以及对人生之感悟。芸芸众生，摩肩接踵，多为普通之身。而商瑶诗词作品可于景物鲜活中得见天真性情，于风雅追求中得见不俗境界，殊为难得。更可贵处，商瑶女史对传统文化之喜爱和热情从未消退，来日作品更将厚积薄发，再上层楼。

2023 年秋日于畏临轩

（张力夫：北京著名诗人，曾任北京诗词学会副会长。）

自序

商瑶

我从小喜欢诵读中国古典诗词，总被那些朗朗上口的音韵节奏、简单凝练的语言和充满想象的内容所吸引，于是也试着去模仿。还记得自己第一次正儿八经地去写旧体诗是在 12 岁左右。当时小学毕业，为了感激我的班主任，我便为她写了一首七言小诗。但我又没有自信，怕自己写得不够好被别人取笑，于是犹豫再三，既没敢分享给其他人看，也没敢当面送给老师，而是在毕业后大家一起去老师家道别时，偷偷放在了老师的床边。我至今都不知道我的那位班主任是否看到了那首小诗。

后来我上了中学。当时流行一种电子产品，叫"文曲星"，父母给我买了一台。大部分学生都是用里面的电子词典来学习英语，而我最常用的功能却是里面的古诗词板块。我每天几乎都随身携带着"文曲星"，只要有时间，就拿出来读几首。我几乎背过里面存储的所有古诗词。我还记得当时最喜欢的一首是辛弃疾的《青玉案·元夕》，一方面是因为词里描写的宋代元夕的盛景让我充满向往，另一方面是因为我当时正值青春期，情窦初开，为那句"众里寻他千百度，蓦然回首，那人却在，灯火阑珊处"而无比心动。

如今想来，或许自己从小就已经和古诗词结下了不解之缘，不管以后自己的人生路往哪里走，这缘分总会兜兜转转再把自己带回到诗词世界。2005 年至 2012 年左右，论坛、博客成为互联网主流，也连带着催生了各种各样的网络社群，让志同道合的人不知不觉就走到了一起。我虽然不是文学专业出身，但是酷爱古典诗词。那时，人们在网上冲浪，我也每天在网站上写诗，本以为是自娱自乐，却没想到赢得了一众网友的喜爱。短短两三个月，我的粉丝就达到了两千多人，甚至还有一些铁杆粉丝每天到我的"地盘"报到打卡，跟着一起作诗唱和。不但有人欣赏我的诗，还有人主动向我学习，这大大激发了我的自信心。为了当好论坛坛主和版块的版主，我开始如饥似渴地补充古典文学知识，家里的书越买越多，尤其是一些诗词经典书籍。可以说，正是那几年的经历，为我的诗词写作打下了基础。

　　2016年，我迎来了一个转折点，那便是通过朋友的介绍，先后加入了兰亭诗友会、纳兰文化社群、国艺新时代文艺社群等。我开始在周末参加各种各样的线上线下传播中华传统文化的活动，线上读诗、对诗，线下论诗、赏诗。通过经常性地与诗人、画家、作家、书法家等文艺名家交流学习，我的诗词之路也有了崭新的方向，让我对"艺本同源"这四个字有了更为深切的理解和认识。我发现，无论是书画还是文学创作，都是基于对生活本真的感悟和对人生美好的追求。与此同时，我也开始接触古诗词创作中真正高水平的老师。还记得，我曾经拿着自以为得意的诗作给张力夫老师看，本来打算求表扬，哪知道力夫老师一针见血地指出我的问题所在，句句说到我的不足之处，让我万分叹服。不过，力夫老师也给予了我很中肯的鼓励和认可。他说："虽然你的诗词在格律和章法上还有待精进，但是你写诗的情志和思想的灵动却非常难得。这一点不是所有人都具备的。"或许是力夫老师的这句话，让我更加笃定了自己的诗词写作之路。

　　2017年年初，我加入了北京诗词学会。2017年9月16日，在张力夫老师和陈新华老师的提议下，我们几位要好的北京诗友又成立了北京曲水兰亭诗社和（女子）采蘋诗社。此后几年，大家在一起切磋学习，共同进步。那段时间我的诗词和纳兰词赏析等作品开始被各种杂志、公众号登载，很多诗作、词作被书法家创作成书法作品赠送给各方面的名家。收获认可的同时，我却越发觉得自己在诗词方面的渺小与无知。我开始回过头来重新审视自己学诗的过程。起初写诗无人指教，形式上虽是模仿，却是发乎于情。后来我发现自己不懂格律，好似徘徊在正宗诗词门外，于是开始研习格律，精进技艺。再后来我发现格律、声韵仍只是皮毛，章法、布局、修辞、用典都有着各种各样的精妙与意趣。此时，博大精深的诗词殿堂才似乎真正向我敞开了一道门缝。而待这些种种都逐渐在我眼前展露时，我忽然又发现我的真情不知所踪，颇有种"见山不是山，见水不是水"的迷茫了。于是，我再次回归到找寻真情的路上，甚至一度告诉自己："心动则笔动，心不动则笔不动。"

如今七年过去了，我的内心对诗词文化越发产生了"高山仰止，景行行止，虽不能至，心向往之"的敬畏感。其间很多诗友、文友、艺友曾鼓励我出诗集。我的好朋友、瑜伽师、画家范京广姐姐就曾多次跟我说："出本诗集吧，不懂的地方我可以帮你。"因为敬畏在心，又是业余爱好，我总觉得自己的积累还不够，还差得远。但是到了如今，我走过了四十不惑，忽然有所顿悟：一是觉得，诗词殿堂博大精深，学习是一辈子的事，是没有尽头的，需要带着热爱与敬畏默默前行；二是觉得，生活中有着太多的不确定性，如果想做那就去做，给自己的诗意生活阶段性地留下一些成果，如果这个成果也能够对后来者有所启迪和帮助那就再好不过了。此时，我又想到中国美术馆馆长吴为山先生曾说："什么行业都有专业的，唯有诗人没有专业一说。"于是，"出一本诗集"这五个字就像魔咒一样种在了我的脑海中。恰逢不久前，我们曲水兰亭诗社的忘年诗友，著名体育教育家、诗人田麦久先生组织了一场迎秋雅集。借此机会，我向田先生请教能否在出书这件事上给我一些建议。田先生非常耐心细致地给我讲解了出书过程，并给了我非常中肯的建议。有这么多关心我、爱护我、引导我的师友的帮助，让我觉得所谓的"万事开头难"似乎已经没有那么难了。于是我在第一时间付诸行动，将此事提上日程，将自己十余年的作品加以整理。这个过程让我回忆起许多过往的故事，还有许多自己人生成长的感悟。这些诗，是诗也是事，是自己或许也是众生，可以一直去读、去品、去感受。

中国有句古话叫"功夫不负有心人"，国外也有一万小时定律之说。意思是只要你在某一件事情上持之以恒地钻研学习，等积累到一定的时间，便会有成果。如今看来，诗词带给我持久的回报就是"保持热爱，风景常在"。诗词写作于我而言不是专业，更非主业，却是业余生活中不可或缺的组成部分，我愿意用诗词填满自己人生的空隙，我愿意将生活中所有的感动、有趣的故事、不一样的经历都记下来，变成中华民族最美的语言——诗词。

我原本觉得自己只是世间一个再平凡不过的女子，但是因为有了诗词，我变得有所不同。或许也是诗词的驱使让我想要把生活真的过成诗。而人的意念亦或许有着一种无形的力量，当我整理好这部诗集书稿时，我发现，我的烟火红尘一切皆诗！

最爱东篱菊色真，万千源自此红尘。

理书回望来时路，品字重逢旧日身。

曾是诗词吟诵客，今成烟雨句中人。

笑看往事随风去，幸种花间一段因。

2023年9月于北京海淀

目录

初向诗山和韵登

夸父逐日 /003

精卫填海 /004

河伯娶妻 /005

愚公移山 /006

二桃杀三士 /008

孜孜求索待诗成

卜算子·春雪（新韵）/013

如梦令·趣题体能测试（新韵）/014

清晨坐阳台纳凉小感 /015

绝句·诗蛊 /016

冬日访稻香湖遇霾有感 /017

风雅结缘相与伴

虞美人·咏 /021

为友人川蜀之行赋诗（新韵）/022

咏赞梁衡寻访中华古树（新韵）/023

读梁衡散文《百年震柳》有感 /024

读梁衡散文《铁锅槐》有感 /025

诗赠张成银书如剑 /026

赏沈涵梅图即兴口占（新韵）/027

时评感悟 /028

寻诗心境（仿古）/029

一剪梅·新春诗笺送福 /030

2016 年年末感怀（新韵）/031

扶摇意气乘春风

仿古·花鸟春心 /035

新年兰亭诗友微信群即兴和诗 /036

诗情 /037

丁酉正月初五观烟花祈福 /038

迎春花开 /039

一剪梅·丁酉卯月稻香湖观春景 /040

诗赠书法家刘先德（新韵）/041

采蘋歌 /042

踏莎行·春访体大 /043

海棠花飞 /044

一字歌·题图 /045

听谷建芬《新学堂歌》有感 /046

清明节踏春唱《新学堂歌》/047

新丽人行 /048

凭吊屈原 /049

草原思 /050

观奥运诗词朗诵汇演有感 /051

鹊桥仙·丁酉七夕 /052

为《红楼梦》遇葡萄酒活动赋诗 /053

贺北京曲水兰亭诗社成立 /056

观首届全国雕塑艺术大展题写意雕塑 /057

鹧鸪天·题吴为山写意雕塑 /058

观吴为山写意雕塑《远古笛声》有感 /059

临江仙·题吴为山写意雕塑《老子出关》（新韵）/060

观吴为山写意雕塑《曹雪芹》有感 /061

诗赠报告文学作家孙晶岩 /062

赠三礼堂堂主聂驿清 /063

观舒惠国书法有感 /064

题诗阿紫 /065

丁酉冬访故宫 /066

步韵 /067

2017 年年末感怀 /068

迷途细雨花间落

新年栈桥观海 /071

国艺名家送福下乡（新韵）/072

子衿之梦 /073

贺第二届中国诗词春晚成功举办 /074

国艺八张歌 /075

于中好·纳兰小像 /077

赠青年画家关亚宁 /078

尝百草 /079

岐黄之道 /080

春论（新韵）/081

字定乾坤 /082

奥森春游 /083

母亲节新慈母吟 /084

为纳兰读书会启动仪式题诗 /085

阮郎归·访慎修堂，分韵得"凡"字 /087

现场聆听马瑞芳教授讲《聊斋志异》/088

戊戌重五日晨赏荷偶得 /089

诗赞谭飞 /090

诗赞阿群（折腰体）/091

相见欢 /092

仿古·心绪 /093

密云北庄清水河采风 /094

莲寄秋意 /095

戊戌立秋雨中游库布其沙漠 /096

心绪 /097

心绪 /098

看秦腔《三滴血》有感 /099

戊戌重阳秋赞 /100

咏月季 /101

小女美卿偶遇画家王灏求画 /102

悼金庸 /104

2018 年年末感怀 /105

醉向芳丛唱不停

2019 年新年感怀（新韵）/109

2019 年新年感怀 /110

己亥大年初三青岛观海感怀 /111

腊月十五汤泉赏月 /112

咏永定河 /113

赞高国普石版佛画 /114

回文 /115

戊戌腊月二十三 /116

如梦令·悼忆彭江 /117

感唐建十载护梅情意 /118

见画家唐建滇西寻古梅，和诗词助兴 /119

采桑子·梅雪 /120

己亥春雪 /121

己亥上元诗写孝乃福源 /122

己亥春日 /123

春雨酿花 /124

听朗诵家黄晓丽女士诵读有感 /125

己亥清明偶访红螺寺 /126

清明节遇海棠 /127

清明节房山十渡孤山寨踏青 /128

敬赠张力夫先生 /129

采桑子·感怀 /130

己亥孟夏诗记梁衡读书会 /131

有感梁衡先生"文泽一方"/132

己亥五日悼屈子 /133

己亥夏圆明园访荷 /134

心绪 /135

泉 /136

诗赠王玉明院士 /137

秋夜弹琴 /138

秋思典故 /139

太常引·抒怀 /140

菩萨蛮·秋思 /141

无题 /142

卜算子·观香山革命纪念馆毛泽东像有感 /143

青岛八大关挖沙忆往昔岁月 /144

赠诗人高昌 /145

己亥霜降咏怀 /146

寒月初五见月有感 /147

暮秋偶感 /148

敬赠书法家姚俊卿先生 /149

诗赠画家张建业先生 /150

国艺年会感怀 /151

己亥冬至有感 /152

2019 年年末感怀 /153

蓦然回首光阴换

2020 年新年感怀 /157

2020 年的第一场雪 /158

画蛾眉·风雅 /159

己亥除夕寄语 /160

行香子·述怀 /161

山花子·感怀 /162

如梦令 /163

定风波 /164

天仙子 /165

忆王孙 /166

江城子·絮 /167

减字木兰花·初夏 /168

点绛唇·长夜雨 /169

点绛唇·晴日风 /170

临江仙 /171

临江仙·感怀 /172

戏题给儿剃头 /173

敬赠诗友卢冷夫先生 /174

偶感 /175

卜算子·庚子五日感怀 /176

雨后感怀 /177

题圆明园并蒂莲 /178

浣溪沙 /179

庚子感怀 /180

访百里画廊 /181

浣溪沙·弹琴 /182

秋千索·弹琴 /183

朝中措 /184

眼儿媚 /185

山花子·庚子七夕 /186

秋游圆明园 /187

一络索·庚子秋分 /188

庚子秋分 /189

赤枣子·等儿归 /190

点绛唇 /191

采桑子·人生偶感 /192

回首 /193

点绛唇·琴语 /194

红窗月·心绪 /195

南歌子·重阳郊外访花 /196

庚子立冬 /197

虞美人 /198

唐多令·冬夜雅趣 /199

冬夜月下漫步东升科技园 /200

于中好·咏雪（新韵）/201

蒻水玲珑不是冰

2021 年新年感怀（步韵）/205

冬游奥园看残荷枯藕有感 /206

鹧鸪天·急诊 /207

逢年关住院与一护工交谈有感 /208

又病 /209

病愈回首 /210

卜算子·辛丑元日寄怀 /211

梅梢雪·辛丑元夕 /212

行香子 /213

南乡子・春日感怀 /214

寻春 /215

诉衷情・感怀 /216

春晓 /217

观鱼有感 /218

南乡子 /219

仲夏晨光 /220

虞美人 /221

浣溪沙 /222

西江月・天安门观礼有感 /223

辛丑小暑清晨歌咏生活 /224

夜雨 /225

秋词 /226

牵牛花 /227

秋词 /228

秋词 /229

遣怀 /230

无题 /231

辛丑中秋望月 /232

辛丑八月十六望月 /233

立冬飞雪（新韵）/234

哲思 /235

日子 /236

几度忧愁明月照

忙 /239

听《鸥鹭忘机》有感 /240

北京冬奥会 /241

临江仙·辛丑大寒新雪 /242

采桑子·冬奥 /243

壬寅立春日贺北京冬奥会开幕 /244

雪中游奥森盛赞冬奥（新韵）/245

西江月·贺北京冬残奥会闭幕 /246

壬寅春雪 /247

临江仙·咏春杏 /248

海棠花落 /249

西江月 /250

立夏偶遇蔷薇 /251

新荷 /252

南乡子 /253

临江仙·于延庆 /254

壬寅五日怀思屈子 /255

雨后 /256

感怀 /257

清平乐·归家 /258

行香子·雨中泛舟奥海有感 /259

清晨阳台观花见美景口占 /260

壬寅立秋 /261

壬寅白露怀古幽思 /262

醉花阴•壬寅中秋 /263

南乡子（新韵）/264

南乡子 /265

行香子 /266

采桑子 /267

情致 /268

猫 /269

哲思 /270

冬日 /271

杂绪 /272

清心仍在玉壶中

2023 年新年感怀 /275

万里送雪 /276

雨夹雪 /277

君子兰 /278

观花有感 /279

杂感 /280

仲春如画（新韵）/281

春 /282

清明近 /283

早荷 /284

游凤凰看《边城》/285

初夏夜雨（新韵）/286

清晨见花香谢口占（新韵）/287

般若（新韵）/288

鹧鸪天·酷暑访水长城有感 /289

暑夜遐思 /290

少年游·毕业二十年聚会有感 /291

暑期冀陕蒙自驾之旅 /292

时间 /296

临江仙·处暑夜雨 /297

浪淘沙·癸卯初秋雅聚有感 /298

临江仙·赠田麦久先生 /299

诗赠母校北京二十中学 /300

菩萨蛮·贺北京曲水兰亭诗社成立六周年，分韵领"水"字 /301

卜算子·贺曲水兰亭诗社成立六周年，分韵再领"六"字 /302

鸣谢 /303

初向诗山和韵登

　　"关关雎鸠，在河之洲，窈窕淑女，君子好逑。"自《诗经》开始至今，中华诗歌绵延三千载而经久不衰，不停地被人们传唱、模仿，究其原因，或许就是人们天生拥有着对音乐的喜欢、对韵律节奏的喜欢、对美的事物的喜欢。如果这个事物又恰好与自身的生活体验、情绪感受息息相关，那将会产生一种莫名的引力，像魔法一样让人欲罢不能。回想自己早期写诗，就是被押韵与节奏所吸引。即便是写了一首打油诗或者顺口溜都十分喜悦。

夸父逐日

悠悠故事黄河套，栖居巨人野渡遥。

首领夸父待民善，常猎猛兽族人烧。

那日天空生烈日，炙烤大地草木凋。

夸父欲救民水火，立誓逐日志雄豪。

手执桃杖拨林草，长股跨岳不折腰。

山摇地动浪翻滚，执着在胸似飞枭。

步愈急来心越躁，离日愈近口愈焦。

饮尽江河湖海水，依旧难以解喉燎。

炎炎烈日在眼前，举手即触人却倒。

身逝不忘济后世，血肉来换江山娇。

精卫填海

炎帝有女唤娇娃，身姿貌美惹人夸。

有愿寻日出东方，只身一人破天涯。

哪知浪翻潮汹涌，轻舟落水魄飞花。

可惜初开娇一朵，如今再问也无答。

身逝魂灵不飞散，发鸠化雀誓言加。

每日穿山衔枝砺，投入海中填平它。

浪击礁岩笑雀傻，茫茫岸上一粒沙。

雀儿轻笑不服输，力薄身单战韶华。

日夜兼程忙不止，风云变幻忘归家。

持之以恒博世赞，精卫精卫永堪嗟。

河伯娶妻

黄河泛滥百姓疾，妖言河神要娶妻。

流言似虎蒙民众，坑污官饷饱私心。

每逢河伯娶亲日，有女之家哀声啼。

号角锣鼓震天地，无力抗衡难躲避。

亲人知孩去送死，横尸江水人心溺。

终有一才西门豹，受命此处掌官吏。

得知该事真荒谬，誓为百姓彰正义。

又到祭祀河伯日，巫师一众临江立。

正欲投女祭河神，西门出言在此际。

假意称女不亮丽，投掷巫师入河去。

等待片刻不见回，再掷其徒寻师迹。

余下巫众猛叩首，颤声长跪皆惊惧。

恳请清官饶一命，至死不敢再诬祭。

西门率众来治水，开凿河渠十二例。

引水灌溉促民生，化苦为甜从长计。

为官之本在民心，千秋万代把他忆。

愚公移山

冀南河北二山梁，名曰王屋与太行。
方圆七百八十里，阻路成难似铜墙。
耄耋一老名愚公，见状忧心又哀伤。
庞然大物成壁垒，行人出入劳时光。
励志集合众亲友，铲平二山铸辉煌。
其妻心虚气不足，魁父小丘铲未尝。
无奈愚公心如铁，率众挺身不寻常。
邻里孀幼不甘弱，举臂弓腰竭力帮。
河曲智叟笑而止，残年余力如暮阳。
九牛一毛未拔去，青烛燃尽为何忙。
愚公鄙夷长叹息，舍我还有众儿郎。
子子孙孙无穷尽，势必有日平山岗。
智叟无言应以对，自惭形秽无处藏。
山神闻听心中惧，恐其挖根填海洋。
忙报天帝择方法，保全万物才应当。
天为愚公诚心动，命大力神把山扛。

一座放置南雍州，一座安落东朔方。
从此南北无隔阻，一马平川民徜徉。
后世撰文赞愚公，年迈心高志气昂。
造福子孙有决心，生生不息放眼量。

二桃杀三士

齐国景公霸业牟，豢养三杰备烽烟。
三杰拔山气盖世，君王宠信傲生偏。
晏婴唯恐势不利，倒戈田氏挟君权。
辗转说服景公意，必防养虎生祸端。
搏之制之犹不稳，愁煞君臣成疑难。
那日鲁国昭公访，天降时机国宴间。
晏婴一计上心来，笑对三杰运机关。
时值君王酒正酣，晏婴请命入桃园。
金桃六枚呈上殿，粉面剔透惹馋涎。
君王先品余四个，叔孙晏子让谦谦。
君子礼仪君王劝，各赏鲜桃在酒筵。
盘中仅剩二颗果，论功品赏赐英贤。
三杰自认功盖世，难分伯仲季谁先。
公孙救主弑猛虎，冶子杀鼋保君还。
晏婴及时奉桃上，护驾有功当得鲜。
只剩一杰田开疆，愤愤不平怒气掀。

舍生忘死站沙场，换得国泰黎民安。

无奈金桃已分尽，不堪受辱刿君前。

公孙大惊猛拔剑，愧对将军羞无颜。

古冶子，哀声叹，结义兄死心如煎。

苟活于世遭人耻，与兄一道赴黄泉。

转瞬三杰皆命殒，君王目瞪口无言。

晏子冷面心中笑，莽夫死不足惜焉。

典故精彩不在完，而在惊心起波澜。

晏婴深谙人性软，利益挑拨血刃尖。

二桃虽小杀三士，义薄气短终难全。

孜孜求索待诗成

　　王力先生的《诗词格律》是诗词写作者的入门教材。这本书将我带入一个崭新而又深邃的中华诗词的美学殿堂，让我对汉语言的抑扬顿挫有了全新的认识和理解。也由此，我开始从以前的信马由缰地写有意识地向格律写作过渡，去慢慢感受"推敲""雕琢"之意趣。孔子说"学而时习之不亦说乎"，那时候的自己仿佛陷入了格律的陷阱，脑子里冒出一个念头，就想用格律的形式来表达，也留下了许多有意思的故事。

卜算子·春雪（新韵）

2014 年 2 月 7 日，难得春雪一场，举家欢悦，我带着穿裹齐备的孩子们下楼戏雪，填作此词。

之一

晓梦紧寒衾，疑雪天公奉。速自披衣忙望窗，喜赞银妆盛。

鹊跃捡枝停，犬戏梅足映。驻赏玲珑悄漫睫，已忘东君令。

之二

稚子戏园中，捧雪凝团兴。友伴投袭大笑惊，吓语还击痛。

幼女不觉寒，面赤柔蒙冻。哭闹因雕雪偶难，样丑重新弄。

如梦令·趣题体能测试（新韵）

同事小江负责文体工作，那日忽接通知，即刻率人参加体能测试。作为同办公室的同事，我当然义不容辞。但非常不巧，我当日穿了一条及地长裙，过程中引发了些许尴尬。填小词以记之。

之一

鸿雁传书如射，急煞小江一个。猛电拜同仁，号令乘车体测。即刻、即刻，仗队随军跋涉。

之二

进场自犹心懦，暗恐影姿不婢。无奈揽长裙，弃袜抛鞋起坐。难过、难过，淑雅已然崩落。

清晨坐阳台纳凉小感

　　家中露台，置办花槽花木，移盆填土，精心布置成一小园，每日清晨赏花怡情，诗以记之。

　　微风似醉，凉意吹帘。勤娘慢舞，硕果垂悬。

　　铃兰怯怯，月季娇憨。晚香恹恹，藤蔓攀天。

　　鸟鸣树隙，未见羽颜。群鸽旋宇，翅展盘桓。

　　怡情惬意，静享安然。忽闻人语，犬吠随传。

　　速自起身，怨知时晚。良晨苦短，乐享莫贪。

　　注："勤娘"为牵牛花别名。

绝句 • 诗蛊

吾以诗词寄本心，谁人同感并和音。

无需辞藻多奇丽，会意知言字字金。

冬日访稻香湖遇霾有感

冬月求学来至此，得闲留意此时园。

稻香湖里无香稻，莲睡池中枯睡莲。

曲径人单颜色浅，稀枝鸟懒景观闲。

雪积天动地穿甲，风卷叶残木退衫。

归去室中陪笔砚，避离寒意远霾烟。

犹记暑期游园会，玉荷拂柳笑蓝天。

山石细流鸭儿聚，暖池泉水雾飞仙。

风雅结缘相与伴

你喜欢什么就会向什么靠近，你是什么样的人也会吸引什么样的朋友。随着时间的推移，我开始从一个独行的"乡野诗人"向有组织的群体靠拢，更是走近了许多或拥有同样爱好、或热爱中华传统文化的群体。其中既有诗人前辈，又有老师朋友，他们乐于给我指点，为我引路。古典诗词带我走上了一条鲜花盛开的道路。

虞美人·咏

秀兰二月迎春晓，草长莺飞早。琪花玉柳沐东风，絮裹暗香一夜满京中。

瑶池丽景流云转，葩吐丹砂缓。茂林飞羽鹊鸣声，展翅长空各自起征程。

为友人川蜀之行赋诗（新韵）

　　诗歌结友最好不过。有些朋友很喜欢摄影，有时候会把旅途中好看的风景照分享在朋友圈中。而我每每看到令人动心的照片，便会用一两句诗来留言。

古句巷幽春酒鲜，谁沿蜀道入桃源。

青川绿瀑鸟鸣涧，浅草浓花木绣山。

牧畜洪声传百里，清泉低语润千岩。

拾途醉忘寻仙迹，人在深峡云在天。

咏赞梁衡寻访中华古树（新韵）

梁衡是当代著名作家、人民日报原副总编辑。多年来，他走遍大江南北，寻找古树，结合中国的历史文化创作了一系列以古树为题材的优秀散文作品，结集后取名为《树梢上的中国》。

铁鞋行万里，古树四方寻。

妙写中华事，神州一脉根。

读梁衡散文《百年震柳》有感

　　于梁衡先生《树梢上的中国》中看到这棵震柳。它位于银川，已有 500 年轮。历经战乱、水火，在 100 年前的地震中被一分为二，但它仍生长成了传奇，诗以记之。

震柳谓奇观，神功造自然。

天崩折叶断，地裂损心穿。

忘却残身痛，思求性命全。

百年伤愈后，一脉举双孪。

读梁衡散文《铁锅槐》有感

2016 年 11 月，兰亭诗友会和滕王阁诗书画联谊会联合组织了一期线下活动，活动主题是梁衡先生"人文森林"诵读及诗书画联谊。我以《铁锅槐》为题，写的这首仅有 20 个字的诗被组织者选中，被书法家创作成书法作品。组织者现场邀请我一起赠送给梁衡老师。梁衡老师对我的诗给予了很高的评价，并且看着我说："我开始读这首诗的时候，以为是一位老先生写的，没想到作者这么年轻！"这个小故事也成了朋友圈的一段趣事。

人言金克木，此处铁生槐。

天道无言语，造化自然来。

后记：梁衡老师曾这样解读他的"人文森林"理念。他说："每一棵古树都承载着一段历史，承载着一种文化，我们要用心去倾听中国古树为我们讲述的中国故事。"同理，每一首中华诗词同样都承载着一种文化。我们可以在纷乱的生活中静下心来，就像梁衡老师用古树讲故事一样，用中华诗词来讲述中国故事。

诗赠张成银书如剑

落笔腾龙剑气飞，冰峰力断虎生威。

风云叱咤苍茫起，贯日流虹入海归。

注：张成银，字散石，书法家、篆刻家，尤擅汉简草书，笔力劲道深厚，气势磅礴。

赏沈涵梅图即兴口占（新韵）

梅分五瓣巧玲珑，傲骨凌寒意正浓。

有道人间绝美色，不及君绘雪中红。

注：沈涵，青年画家，尤擅水墨。

时评感悟

经年网络写评章，时事纷繁拭目忙。

谁是谁非云里雾，亦真亦假水中光。

为文应有清通意，说理当存正义纲。

情至方能书自在，初心不失笔铿锵。

寻诗心境（仿古）

茫茫夜未央，辗转觉心伤。

意境今何在？诗人笔下荒。

无奈天街远，银河弱水凉。

繁星知我意，点点放微茫。

新年辞旧岁，祈愿得灵光。

匠心雕璞玉，素手织华章。

一剪梅·新春诗笺送福

一剪寒梅伴雪开，玉骨冰魂，俏蕊红腮。粉妆玉砌美无涯，欲采还休，左右相筛。

春柬谁人巧意裁？细折玲珑，五瓣镶怀。福音入墨驾诗来，梅雪迎新，祝展华才。

2016 年年末感怀（新韵）

日月倏忽一岁除，蓦然回首似空无。

流云记忆得归处，细雨情思落满屋。

字里求真织锦绣，心中寻道润玑珠。

高山不止逐级步，白雪阳春酿玉壶。

扶摇意气乘春风

　　"有朋自远方来，不亦乐乎。"学习可以是孤独的，但与朋友们探讨学习内容一定是幸福的。这一年我加入了北京诗词学会，业余时间与诗友艺友们共同参与了不少传播中华优秀传统文化的诗词艺术雅集。通过与诗人、学者、艺术家们的交流、学习、探讨，自己对诗词审美产生了新的认识，创作也在逐步精进。这一年可以称之为步入诗意春天的一年。

仿古·花鸟春心

看花寻花香，草浅柳色新。

枝头不见鸟，却闻鸟声勤。

鸟入花柳色，花开悦鸟心。

赏春人不厌，唯恐错光阴。

新年兰亭诗友微信群即兴和诗

出口成章句似花，翻飞墨笔吐春芽。

谁言冬日无华彩，自有高情逐落霞。

诗情

诗意从来自性灵，无端幽感笔中生。

空枝朗月清风渡，半阕新词一段情。

丁酉正月初五观烟花祈福

新月如簪穹宇环，长庚玉坠宛幽闲。

流光孤日芳菲雨，华彩众星珠翠山。

虎跃龙游吟啸远，凤翔鹤舞翊翎弯。

魔妖魍魉随烟尽，福禄财神入灶间。

迎春花开

之一

天光日暖照繁枝，流瀑千条醒未迟。

虽只此花春意早，不辞骚客赋新诗。

之二

娇娇拂柳袖云长，漫舞纤枝唤燕忙。

但问谁家春更早？吐珠金缕笑他狂。

之三

一夜东风春入怀，壤中绿草破门开。

邻家好友均在否？金带戏称已迟来。

注：金缕、金带均指迎春花。

一剪梅·丁酉卯月稻香湖观春景

　　烟柳莹莹若有言，或揽石桥，或望西山。东风翦水弄微澜，吹皱清潭，暗送余寒。

　　枯藕冰融伴叶残，不舍随波，欲去犹还。新生萌发自天然，两岸春桃，万朵朱颜。

诗赠书法家刘先德（新韵）

人生何雅致，心下有风骚。

雨后听竹韵，梅开望雪飘。

无求多自在，乐乐也逍遥。

一缕闲云致，随缘到九霄。

高山须仰止，流水太清高。

千语千寻处，尘烟浸墨梢。

采蘋歌

2017 年 4 月，在诗人张力夫老师的提议下，北京女子诗社成立，命名为"采蘋诗社"，取典于诗经《采蘋》。以诗贺之。

有蘋生南滨，谁人欲采之？

不远通幽处，逶迤向绿池。

轻足浅入水，涟漪浸凝脂。

初学不得法，幸尔遇良师。

师友同为伴，切磋又相持。

衣袂随波荡，欢声语笑痴。

携手寻波进，归自篓丰时。

踏莎行·春访体大

戊戌仲春，受田麦久先生之邀，到北京体育大学采风，幸得观赏国家艺术体操队备战国际大赛，填词记之。

春雪方融，东风已醒。千枝百卉妖娆领。兰亭雅客体园行，莺歌燕语花间咏。

朱阙擎云，绿波随径。近观操练娇娃景。银锥彩带舞凌空，球环浪卷沙鸥影。

海棠花飞

海棠一夜舞翩跹，花谢花飞花满天。

春雨无情催摇落，爱花人立落花前。

记：昨天下了一整天的雨，今天早上晴空万里，有风。出门前，我忽然想要去看看小区里的海棠花林。果然，落英缤纷，颇为怜人，随即拿出手机与花合影。

一字歌·题图

一波一岸一山春，一点夕阳一鹭群。

一展一收一段舞，一飞尽扫一空云。

听谷建芬《新学堂歌》有感

宫商角徵羽春秋，唐宋诗词歌赋收。

独揽梅花扫腊雪，春风桃李竞神州。

注："独揽梅花扫腊雪"取于丰子恺文章，指代"do re mi fa so la xi"七个音节，用诗词的发音和意境表达五线谱的七音，意指谷建芬把中国古代诗词与当代音乐形式相结合，使千年传统文化得以发扬和传承。

清明节踏春唱《新学堂歌》

清明时节踏春峨，四面青山半段河。

两岸桃花飞玉带，一双儿女唱诗歌。

村居春晓摘红豆，古渡杨堤望野鹅。

百里行途如过隙，路头忽转白云窝。

记：一家人踏春，开车数小时，一路倾听谷建芬谱曲的古
典诗词，将一张光盘上的歌都学会了。颈联两句用了双关
法，提取了《新学堂歌》中六首古典诗词的题目或内容，
分别是《春晓》《村居》《相思》《长相思》《出赛》《鹅》。

新丽人行

2017年5月，采蘋诗社筹办已久的"汉服暨中国风雅集"活动终于圆满结束，诗友们于大观园赏花、游园、留影、作诗，好不雅致，诗以记之。

青青子衿，悠悠我心，丽人结伴，初夏行吟。
时空流转，似幻似真，倏忽一梦，红楼园林。
我着霓裳，你系罗裙，银钗凤髻，袜履生尘。
潇湘肃肃，龙尾森森。快绿怡红，海棠风临。
环廊九曲，湖畔亭荫，鸳鸯花影，素以佳人。
流苏团扇，玉璧悬心，兰指盈香，袖雪藏馨。
巧笑倩兮，眸露斐斐。笙箫有意，流水稀音。
汉儒气韵，唐宋风云。东方大美，华夏之魂。

凭吊屈原

2017年5月，参加北京市海淀区妇联举办的端午诗会，我带着儿女一起表演了原创诗词的朗诵。书法家刘先德老师还将这首长诗创作成了大幅书法作品，诗以记之。

汨罗涉寒江，千古传绝殇。

屈子精魂久，风节傲骨扬。

战国秦似虎，熊楚君彷徨。

屈子度秦意，谏言遭谤伤。

救国心似火，奸佞乱朝纲。

三闾大夫恨，远游天问将。

放逐逢渔父，沧浪水幽凉。

洞明难学问，练达远文章。

悲愤书离骚，爱憎寄诗行。

心若芙蓉质，字字芷兰香。

求索寻高远，修途阻且长。

骚魂今尚在，世代吊沅湘。

草原思

2017年7月，一家人趁着暑期，驱车到草原一游。行程千里，心旷神怡，诗歌记之。

徜徉坝上，饮马斜阳。瞭望原野，云海苍凉。

红树林远，油菜花香。悠悠万物，助我思量：

宇宙辽阔，大地苍茫。何所谓沉？何所谓浮？

何所谓：关山路远，道阻且长？

听，鹰隼长啸，螟蛉短唱。

见，蝼蚁偷生，燕雀奔忙。

花草有命，山河有疆。水穷云起，终始有常。

人生一世，无欲则刚。顺道而行，何惧沧桑。

夕阳落去，信马由缰。风吹碧浪，滚滚流光。

观奥运诗词朗诵汇演有感

　　2017 年 6 月 23 日，有幸受田麦久教授邀请，我和爱人于国际奥林匹克日到北京体育大学参加奥运诗词朗诵会。

佳约逢吉日，仲夏雨清凉。

重温奥运梦，共赏新篇章。

吟诵兼书舞，诗词韵律长。

神醉体坛美，心沐风雅香。

台上青春好，台下殷切望。

冠军荆棘路，师者共沧桑。

感慨匠心蕴，浣花写荣光。

中国梦必圆，因我少年强。

鹊桥仙·丁酉七夕

　　乌云叠絮，银钩晦影，难见浮槎来处。忽闻雀语向天边，祈不要迷途失路。

　　天河弱水，羽绒轻骨，传载万千情愫。幽风一阵断螟蛉，霎儿落几星冰露。

为《红楼梦》遇葡萄酒活动赋诗

2018年9月3日，香山植物园黄叶村开启"红楼梦遇葡萄酒"的寻梦之旅。我和女儿应朋友之邀去扮演红楼人物。女儿极爱穿汉服，一直问我她美不美。在活动中女儿自我介绍时大方得体，表达清晰。她说："我叫韩美卿，7岁了。今天在这里我扮演巧姐，是王熙凤的女儿。但是商瑶才是我的真妈妈。她扮演谁，我先不告诉大家。"引得大家哈哈大笑。活动前我们又与专家学习了葡萄酒礼仪和传统汉服文化。活动中，专家讲了《红楼梦》知识和红酒知识。大家着汉服、各扮红楼角色，欢喜不尽，写几首小诗为活动助兴。

之一

十二金钗齐聚来，谁家美酒供瑶台。

鲛绡螺髻红酥手，一饮葡萄入雪腮。

之二

风来秋雨几分凉，黄叶村中待酒香。

蟹满菊肥寻妙句，曹翁若在定评章。

注："蟹满菊肥"句，引自《红楼梦》三十八回，大观园

起诗社，湘云做东，赏菊花品螃蟹，众人以菊花螃蟹为题写诗。

之三

芹溪茅舍竞芳华，莫醉湘云芍药家。

如若赋诗当捧雪，来斟红酒忘黄花。

注："莫醉"一句借《红楼梦》六十二回湘云醉卧芍药裀典故。捧雪，出自《红楼梦》中十八回提及的戏剧名"一捧雪"，指酒盏玉杯。

之四

葡萄紫酿，锦绣文章。黄叶村中，共品琼浆。

化入愁肠，扫尽秋凉。浅酌低唱，皓齿存香。

之五

玉藕方残，秋水迷离。红楼缘聚，十二钗齐。

酒醇有蕴，诗贵无题。暗香盈袖，不羡东篱。

之六

群花魅，玲珑醉，今昔言欢不觉累。

秋酌缓饮贵人香，梦醒犹觉有深味。

之七

稻香村里数蛙鸣，教子成才事不争。
贞寨隆冬枯木瘦，海棠春暖足峥嵘。

贺北京曲水兰亭诗社成立

2017 年 9 月 16 日，一众诗友于中国美术馆小院竹廊下商讨结社之事。张力夫先生主持仪式。首先集思广益为诗社定名，田麦久先生建议命名为"曲水兰亭"，众人皆乐赞不已。作诗以贺之。

之一

曲水兰亭共赋歌，情思如雪落诗河。

新醅一盏桂花酿，醉了心窝醉酒窝。

之二

兰亭曲水得觥筹，妙语斟寻醉在秋。

吟诵何人能共我，高山俯仰唱清流。

观首届全国雕塑艺术大展题写意雕塑

余爱水曾评价："吴为山是如此安静的艺术家，他一直在思考，他的作品是内心的安宁呼唤出来的力量。"

玉铜石铁本无罕，墨笔锥锤雕史篇。

砥砺铭镌承过往，参差意态记华年。

阴阳浮透千般法，钝挫剜旋一念连。

唯有匠心存大爱，神工鬼斧铸坤乾。

注：阴阳浮透，指雕刻的几种方法——阴雕、阳雕、浮雕、镂空雕。

鹧鸪天·题吴为山写意雕塑

　　美髯飘飘一老人，慈眉善目向乾坤。诗家笔贵存风骨，雕者刀精在意神。

　　形有态，韵无垠。蓬山缥缈几重云。难言境界为何物，瀚海苍茫孤月魂。

观吴为山写意雕塑《远古笛声》有感

　　当我看到这个名为《远古笛声》的雕塑时，内心萌发了写诗的冲动。雕塑中婀娜的女子手中没有笛子，我却仿佛能听见遥远地方隔着时空传来的袅袅笛声。我想，这声音是来自于吴为山先生内心的安静与纯澈。这是灵魂的雕塑，这是无声胜有声的美。

　　　　　银霜随叶舞，袅袅落疏桐。

　　　　　月下笛声远，独留一夜风。

临江仙·题吴为山写意雕塑《老子出关》（新韵）

枯槁身躯高蹈态，青牛颔首从容。东方紫气蕴华精，不须鳞羽助，意可化神龙。

混沌乾坤行万象，自然如水清明。无形道法善中成，众生皆百态，一纸《道德经》。

观吴为山写意雕塑《曹雪芹》有感

傲骨千寻看世间，道心佛眼著鸿篇。

史书实录难如意，雕者寻神塑岿然。

记：我一边细观吴为山雕塑的曹雪芹像，一边反复读吴为山《文以铸魂》中所写的关于塑曹雪芹像的文字，与此同时也体会着我心中的那个曹翁。想到曹雪芹"洞明世事"的智慧和豪放不羁的性格，想到曹雪芹所著旷世奇书《红楼梦》中万象映衬出的他的悲悯之心。为什么吴为山所塑曹雪芹像与史料中记载的形象有出入，这在《曹雪芹像》一文中有详细论述，这座雕塑是吴为山先生心中的曹雪芹，也是世人心中的曹雪芹，他岿然立于世间，立于人们心间。

诗赠报告文学作家孙晶岩

不惧铁鞋破，志坚终可持。

双肩担道义，一路守真知。

评事汇贤德，行文集善慈。

为人生傲骨，落笔见风姿。

注：孙晶岩，报告文学作家，著有《山脊——中国扶贫行动》《中国看守所调查》《震不垮的川娃子》《中国金融黑洞》《中国女子监狱调查手记》《中国冬奥》等作品。

赠三礼堂堂主聂驿清

京邑聚贤三礼堂，云臻华夏美瓷墙。

斑斓玉璧精工叹，艺绝更求天下康。

注：三礼堂陶瓷艺术馆，位于北京市东城区金宝街8号，集中国当代瓷画艺术之大成，弘扬华夏特色民间工艺。

观舒惠国书法有感

　　2017 年 11 月，我参加文艺雅集，得见书法家舒惠国先生。先生问我："想写一幅什么字？"我说："宁静致远。"他提笔而书，一边写一边问："为什么要写这几个字？"我说："有很多事情让我苦恼，觉得心情纷乱，想静下来。"老先生慢条斯理地说："做事情尽力就好，不值得烦恼的。"

　　　　　舒字人如此，谦谦君子为。

　　　　　云长浮玉岭，风卷绣蛾眉。

　　　　　不染尘俗秽，唯尊方寸规。

　　　　　香萦蒙笔走，气定雪衣垂。

题诗阿紫

　　诗人阿紫在朋友圈发了一件趣事：她参加一个户外的诵读活动，正好朗诵到有关伞的诗句时，忽然来了一阵风，把台边一把小红伞吹到了她的怀里。

东风千古最情痴，送雨人间浪漫时。

吹落台间红纸伞，入怀阿紫要听诗。

丁酉冬访故宫

恢恢华厦屹，多少匠人功。

玉水绕朱阙，金甍映碧空。

拾阶寻迹旧，拂槛叹时匆。

脊兽犹昂首，风云落日中。

步韵

学诗自幼向先贤，词海遨游入九天。

豪放临风江月涌，花间照水玉珠联。

精吟亘古玲珑句，细品沧桑大美篇。

喜得如今诗意复，兰亭把酒待春妍。

2017 年年末感怀

时值年末，看到诗人张桂兴先生写了一首感怀诗，深有感触，以诗和之。

凡生真若梦，冬至转头还。

犹记去年雪，再飘今日山。

奔忙何所系，勤勉为谁攀？

恐负芳华短，须臾莫等闲。

迷途细雨花间落

　　什么是爱好？有人说能够坚持做的事就是爱好。我不置可否。"坚持"二字总让人觉得带有几分被动。在我看来爱好是主动的，称之为爱好则必来自热爱，如果说需要坚持，那便好像给热爱打了折扣。诗歌创作更是如此，在所有爱好中，或许它更为脆弱而敏感，像一杯用心酿制的甘露，一旦心境变了，那味道就会变。因此，一个诗人只有持续地净化自己，才能守护住那颗明澈的心，写出动人的诗。

新年栈桥观海

扑面朔风连海天，海鸥飞处雪翩翩。

潮波退去礁岩出，牡蛎登高听远船。

国艺名家送福下乡（新韵）

春寒料峭的周末，"国艺新时代"公益平台的艺友们起大早，驱车百公里到密云区北庄镇大岭村送文化下乡。大岭村是抗日革命老区，这里山水相依、层峦叠嶂，每年四月漫山遍野的杜鹃花像给大岭村穿上了红嫁衣。

之一

林杪东方红日醒，车驰京北五更寒。

冰河峭壁听风啸，佳气青云带路盘。

国艺名家福绘就，岭头乡里面飞丹。

何谈腊月山无色？心有春音遍杜鹃。

之二

料峭寒天万物休，谁人跋涉古檀州？

冰泉冷涩融歌舞，翰墨存香大岭头。

子衿之梦

　　2018 年 2 月，有幸受邀参加由中华诗词发展基金会等单位举办的第二届中国诗词春晚，我同诗友蓝江一起上台表演《诗经·子衿》。我以相和歌唱，蓝江以戏腔诵，一唱一和，颇具意趣。因近日多在练习，故沉浸其中，梦有所寄。

　　子衿葳蕤，醉我心扉。且吟且唱，化雪纷飞。

　　子衿悠悠，唤我忧愁。且吟且唱，似水东流。

　　挑兮达兮，如在梦兮。袅袅梵音，谁人和兮。

　　挑兮达兮，如在梦兮。千年余韵，今朝乐兮。

贺第二届中国诗词春晚成功举办

群鹿呦呦食野苹，吹笙鼓瑟任君听。

诗词雅客吟哦醉，书画方家泼墨醒。

共度良宵冰鉴白，畅怀岁末子衿青。

风骚美韵千年乐，烁烁天阶银汉星。

国艺八张歌

鲁中布衣眸似水，朗姿玉畅古风传，

自谦北漂一画匠，入境挥毫纳百川。

散石落笔蛟龙颤，力断冰峰虎魄寒。

汉简承开精绝气，风流今日两千年。

力夫雅，诗韵端，提点少年学圣贤。

如若有心精进处，随他身转进梨园。

梦龙善，意志坚，数载编修双月刊。

岁末筹开春晚会，谁知多少夜无眠，

衣带渐宽白发添。桂兴厚，享炊烟，

诗酒花茶任尔谈，人间处处有诗篇。

从来细腻数工笔，追随河强寻静缘。

点就观音净瓶水，鱼虫花鸟也成仙。

张毅书，守佛禅，流水行云若等闲。

白眉儒态常含笑，伏案凝神弥勒颜。

八张至此七张全，长者尊名是元端。

快意人生诗赋伴，清风朗月照南山。

注：《国艺八张歌》模仿杜甫《饮中八仙歌》的手法，描写八位活跃在"国艺新时代"公益平台的张姓艺术家、诗人，他们分别为书画家张建业（号鲁中布衣）、诗人张力夫、诗人张脉峰（号梦龙）、诗人张桂兴、诗人张元端、工笔画家张河强、书法家张毅、书法家张成银（号散石）。

于中好·纳兰小像

　　艺术与真实的距离有多远？哪一个更美好？我们渴望"清水出芙蓉，天然去雕饰"的天然美，可是世间又有多少真实是原原本本的美，是留得住的美，是人们希望的美？许多艺术褪去了现实的外衣，留下了雕琢过的、美化过的、理想的那部分。可是思考至此，又觉得不全然对，艺术的世界不应说美与丑，而应该是每个人情思的体现，就比如禹之鼎画的纳兰容若的坐像，收藏于故宫博物院，可那看起来像个小老头的画像，怎会是人们心中的那个二三十岁的翩翩绝世佳公子呢？

多爱芙蓉少效颦，可知雕琢败天真。

槁妆莹雪琼枝腻，醪去糟糠玉液纯。

忽转念，顿伤神，情思境界塑乾坤。

我心绝世佳公子，胜似江都画里人。

赠青年画家关亚宁

之一

心中慈念意中莲，笔下今生前世缘。
碧叶匀开三五片，红花立倩哪枝鲜。

之二

清风点染水弯弯，几尾闲鱼叶下环。
般若何来由自在，玉壶冰鉴可相关。

之三

墨莲深浅字涓涓，小印禅心淬玉烟。
菡萏无言莲子缀，竹笛婉转向谁边。

注：关亚宁，号自在。河北省美术家协会会员。擅长水墨
大写意，其书画《心经·莲》独具特色。

尝百草

幽兰空谷饮琼柯，寂寞花开少薜萝。

求索仙株攀蜀道，寻方济世立峰阿。

岐黄之道

苍穹悬四野，彤日送朝晖。

莹雪极峰覆，鸿鸾天际飞。

呦呦闻鹿唤，踏踏见群围。

尽享青蒿美，可携灵素归。

春论（新韵）

之一

春寒更比春深好，花待枝头远困扰。

待到蜂蝶捧蜜欢，落英红泪同来了。

之二

春喜柔条恋百花，可怜霾重促还家。

此时愁唤风兼雨，涤净碧空红也杀。

注："红也杀"取典自黄巢的"此花开尽百花杀"。

字定乾坤

仓颉创书字，始开文脉篇。

结绳通智慧，丹甲铸方圆。

雨粟精诚至，辞章礼教传。

千年华夏业，自此定坤乾。

注："结绳"指结绳记事。"丹甲"指甲骨文。《河图玉版》云："仓颉为帝南巡，登阳虚之山，临于玄沪洛之水，灵龟负书，丹甲青文以授之。""雨粟"取自《淮南子·本经训》："昔者仓颉作书，而天雨粟、鬼夜哭。"

奥森春游

京城三月半，春似夏时光。

赏景寻湖畔，观鱼避艳阳。

水柔黏柳絮，风暖送槐香。

坐爱林荫下，芳菲满绣裳。

母亲节新慈母吟

之一

慈母多微笑，愿儿千里翱。
心如鸢尾线，一系一生牢。

之二

慈母多心爱，何求跪乳羔。
平安唯所盼，无怨此生劳。

之三

慈母多恩厚，为谁肝胆掏。
年年如日日，滴水汇云涛。

为纳兰读书会启动仪式题诗

之一

子衿翠袖上庄来，柳絮方歇藕瓣开。

初见园中初见否？书香不远纳兰才。

注："子衿翠袖"指活动当天到场的朋友、嘉宾，多数选择了中华传统服饰，或汉服或旗装，然而组织者并没有特意安排。"上庄"指纳兰文化基地设在北京海淀上庄，这里是纳兰明珠家的封地和纳兰家庙所在。"初见园"是纳兰文化基地的一处景观牌楼，"初见园"三字集自纳兰容若手书真迹，非常有意义。

之二

清风送爽柳丝长，小杏枝头燕子忙。

渌水亭台菲美乐，纳兰词韵启书香。

注："渌水亭"据说是纳兰生前所建景观，同友人吟诗作赋的所在。但此处已不可考，现纳兰文化基地计划未来在

园中修建此景观，诗中"绿水亭台"只是以现在的景观借指。"菲美乐"，指活动现场播放的纳兰文化研究中心主任刘子菲创作的古典音乐，其代表作有《若只如初见》。

阮郎归·访慎修堂，分韵得"凡"字

方休雅集意还酣。慎修堂一探。谁家闹市起飞檐，凡中见不凡。

金石壁，篆书帘。幽幽煮茗谈。欲将沉醉把情添，新词墨客拈。

注：赵增福，字石寿，书法篆刻家。慎修堂为石寿先生雅斋。

现场聆听马瑞芳教授讲《聊斋志异》

2018 年 6 月某个周末，有幸受纳兰文化研究中心主任刘子菲之邀，于温泉文化中心参加"当纳兰性德遇见蒲松龄"主题活动，并现场聆听马瑞芳老师讲《聊斋志异》。现场有一趣事，一位观众问马老师："您是怎么记忆诗书的？为什么书里的东西您都信手拈来？有方法吗？"马老师说："我在讲台上讲了 40 年聊斋，再不信手拈来不就成大傻瓜了。"马老师风趣幽默，但也告诉我们一个道理——功夫不负有心人。

之一

雨后新晴好，荷裙带露香。

远见西山美，近听金玉章。

狐鬼神妖事，妙言马瑞芳。

须臾人世路，字字写情长。

之二

少年闻道未称奇，新岁经霜忽有思。

物我尘凡何是梦，或然窥破已归时。

戊戌重五日晨赏荷偶得

　　婷婷袅袅，玉玉翩翩，盈盈展展摇摇。五五飘香时节，最是妖娆。喜昨夜、几滴豆雨，帘外轻敲。长天放晓，雀唤莺啼，今日有个人瞧。

　　绿苔铺绣，淤泥如膏，碧掌珠玑绕。飞燕若来得见，玉步难逃。青衫舞、碎云飘。望莲荷绽时、恁地多娇！可知午月炎炎？全被它、席卷去了。

诗赞谭飞

赫赫功勋缀警服，英模故事累篇牍。

誓将热血平安铸，盗远人间百姓福。

注：谭飞，2014 年 10 月曾获"全国公安机关爱民模范"称号。

诗赞阿群（折腰体）

向来风雨惧阳光，雾化云融虹影长。

天公有意欲安排，心自多晴春自芳。

注：阿群，原名李群，代表作《活着就是春天》在读者中引起广泛共鸣。

相见欢

　　人生就是机缘的碰撞，然后成就出一段又一段佳话。因为诗词，我结识了体育教育家田麦久先生，后又结识了谭飞和残奥冠军刘玉坤。一次倾听刘玉坤讲她的成长故事，得知田麦久先生曾是刘玉坤体育道路上的领路人。三十多年来，刘玉坤大姐一直对田先生的知遇之恩念念不忘，希望有机会再度重逢。于是我和谭飞一起筹划了一场惊喜，圆梦奥运冠军三十四载的惦念。2018年7月6日，二人见面泪洒现场，填小词以记之。

　　冰轮今夜澄澄，为谁明？鉴证一杯薄酒敬恩情。

　　卅年漫，心常念，有人听。终是虔诚愿力换重逢。

仿古·心绪

　　暮云愁，夜雨流，声若潮来逆桥头。隔窗寂静和衣卧，幽幽。

　　不惜落红随水逝，更怜方寸入早秋。知我者谓我何求，不知我者谓我心忧。

密云北庄清水河采风

之一

人间流火觅新凉，清水河奔小井岗。

雨后山间多瀑布，紫云翠带鸟鸣长。

之二

雾锁峰峦疏远色，蒹葭采采浅滩旁。

小儿戏水声声闹，老者垂纶自不忙。

之三

路转峰头忽洞天，丛林环绕老房檐。

拔藤挪石寻泉乐，一盏湖光揽自然。

莲寄秋意

十分酷暑一池莲，六月心甘花下眠。

不羡蓬华生九子，暗愁七日近秋天。

戊戌立秋雨中游库布其沙漠

初秋，一家人自驾至内蒙古库布其沙漠景区。当日有雨，我们乘坐缆车跨越黄河，第一次身临沙漠腹地，颇为震撼。在这里，我们乘坐小火车、骑骆驼、爬沙丘，还观看了一场大型实景演出《成吉思汗》，酣畅淋漓，诗以记之。

渡河

阴云垂密雨，孤缆渡黄河。

大漠遥相望，高丘卧雪驼。

雨后

风雨忽而止，金沙玉篁和。

当空无烈日，草野觉婆娑。

观演成吉思汗

天骄挥碧血，铁马战金戈。

多少英雄梦，纵横四海歌。

心绪

月色何皎皎？心如明月观。

仰慕星河灿，也爱碧霄蓝。

无奈浮云聚，氤氲锁秀颜。

挥之难离去，躲之恐无端。

夜色渐成冰，丝丝入骨间。

八方起乌鹊，四野笼孤寒。

盼有清风过，送我近云前。

拨云散迷雾，星动月依然。

心绪

常道旅途难路平，人间草木有风零。

长天明月时云掩，莫让寒心问冷星。

看秦腔《三滴血》有感

一部秦腔百年长，有缘近日赏芬芳。

台前粉墨声情动，台下斯人暗忖量。

尽信书还若无书，识亲滴血错频出。

惊堂木定浑发案，亲散家崩何处哭。

为官在任慎言行，牢记权如双刃兵。

明镜高悬凝正气，人间自会树清名。

戊戌重阳秋赞

黄花酿酒正重阳，火柿枝头生白霜。

红葛笑攀明月去，金风暗送雨丝长。

咏月季

吾爱霜间月季红，谁言菊蕊独秋浓？

含苞欲放仍娇艳，春始无休开到冬。

小女美卿偶遇画家王灏求画

2018 年 10 月 21 日，我带女儿去参加朋友艺术中心的开业仪式。席间，娃觉无聊，便到大堂后面的书画区玩耍，看到那里有笔墨纸砚，便来了兴趣，提笔就画。一位儒雅的先生，不知何时站在旁边观看。等女儿画完，那位先生问："小朋友，你这幅画可不可以送给我？"美卿毫不吝啬地答应了。这位先生为感谢美卿送他画，也回赠了一本画册，此时方知这位先生是画家王灏。王灏老师拿着美卿画的荷花，非常认真地说："这是我今天看到的最好的一幅画。"

之一

丝竹喧嚣难乱耳，美卿静绘一枝莲。

个人不语旁凝望，轻叹娃娃有画缘。

之二

纯真质朴浑无束，自在逍遥水墨天。

可否赠其藏画阁？惜寻童趣此矾宣。

之三

相逢何必曾相识，相识原来只自然。

礼向先生求姓氏，方知客乃画中仙。

悼金庸

2018 年 10 月 30 日，从各大媒体得知金庸去世，颇感悲痛。我是读着金庸武侠小说长大的，犹记得高中时期最为痴迷。当得知一位同学家中有全套的金庸著作时，着实兴奋坏了，也因书结缘，与这位同学成为亲密好友。高中三年，我读了几乎所有的金庸武侠小说。或许也是从那时起，传统文化的种子便在心中深种。

之一

犹记青葱痴读书，射雕飞雪笑江湖。

秉灯长夜何知倦，神侠英雄梦里呼。

之二

百炼华章金玉色，珠玑有道易中得。

金庸椽笔织乾坤，不老江湖千尺墨。

之三

一水盈盈天地间，九州文脉本同源。

千年华夏能常在，终始传承汉语言。

2018 年年末感怀

经年回首满芳丛，春始冬归行至终。

取豆聆音滋雨露，拈花辨色向清风。

细流入海无平路，笃志通天有巨艫。

万里苍茫千百度，冰心翦作雪玲珑。

醉向芳丛唱不停

　　人生的每一步都是必经之路，每一个选择都是自己为成长挑选的最好课程，只为补上曾经的不足，反思过往的迷路，开悟通往明天的智慧。而诗歌在这条路上充当了什么？或许是攀岩时抓住的藤蔓，趔趄时拄着的拐杖，迷茫时内心喊出的号子，都有可能。总之，诗歌能够帮助自己在纷繁杂乱中稳住那颗躁动的心，然后带着自己找到最好的归途。

2019 年新年感怀（新韵）

青女肃空一岁除，那当初我有还无？
片帆记忆飘来处，万里阴晴应在途。
可否耕章织锦绣，又曾寻道获玑珠？
山高欲越逐阶步，白雪仍需盛玉壶。

2019 年新年感怀

快意人生快意愁，一江春水向东流。

愁情也比乏情好，无趣人生只废丘。

己亥大年初三青岛观海感怀

　　昨夜青岛云深雾浓，不见山海。一夜八级大风，气温更降至冰点。今日云开雾散，太阳生辉，金光洒海，诗以记之。

一夜北风紧，岛城开雾云。

远礁迎海日，近水舞鸥群。

春立天犹冻，年新人愈欣。

凌寒无怯步，来作弄潮君。

腊月十五汤泉赏月

晚饭后一家人决定到小汤山泡温泉。夜色下忽见明月当空分外皎洁，查询方知，恰逢十五，诗以记之。

时节已大寒，天涯霜雪欢，
京城唯冻景，不见玉花颜。
恰逢今十五，幸致享汤泉，
明月松间照，人和福地缘。
翠池生白雾，宫阙笼云烟。
吾爱天边月，月美水中仙。
一片彤花落，虬枝月下盘，
泉声添雅韵，灯影闹飞檐。
狐兽临高处，孤心向月看，
岂知怀故旧，日日复年年。

咏永定河

之一

燕门浴水融天地，永定奔流开太行。

佑育苍生滋万物，京都千载盛名扬。

之二

永定行来往，峰峦证古今。

九州朝圣地，福水润华音。

赞高国普石版佛画

读经研籍，如琢如磨。心通慈善，性向神佛。

气行自在，刀走龙蛇。静生石象，唯般若多。

注：高国普，曲水兰亭诗社诗友，是一位80后，也是传统文化的传承人。他钻研古籍，雕刻金石，喜欢中华武术，是社群中的才子。

回文

水环山野草连天，野草连天云海间，

云海间谁织密雨？谁织密雨水环山。

戊戌腊月二十三

纵横四海千般景，祭灶交年万户同。

放眼归鸿元日近，家家行楷写春红。

如梦令·悼忆彭江

之一

犹记去年时节，清水河冰如铁，国艺下乡行，恰与彭江同辙。

缘结，缘结，一路相谈甚热。

之二

今又年关腊月，乍闻人消影灭。还忆那音容，似见慈眉笑靥。

揖别，揖别，一笔福书成绝。

记：彭江是一位特型演员，曾主演《毛泽东在西柏坡》《江山多娇》等多部作品。2018 年 2 月，我们曾共同随国艺新时代到密云大岭村送文化下乡，同乘一车，彭江老师还传授朗诵发音的练习方法给我。 彭江老师喜欢书法，最擅长的就是"一笔福"。当时因为共同下乡义演，彭江老师还特地送我福字和他的书法影集册，我一直珍藏。只是没想到，仅仅一年便物是人非。

感唐建十载护梅情意

之一

爱梅寻迹已成痴，情系苍山问老枝。

痛见飘摇残败景，伤心恐误护花迟。

之二

笔下功夫心上诗，芒鞋古道月相知。

十年辛苦求梅路，只为神州花一枝。

记：唐建，美学博士、教授、书画家。国艺讲堂上我见到
了唐建老师，听他讲十年寻梅、画梅、写梅、护梅的故事，
为他的故事所感动。

见画家唐建滇西寻古梅，和诗词助兴

之一

山中何月朗？知有故人来。

清皎笼花木，送君疏影开。

之二

一树苍枝吐玉华，幽然山谷守天涯。

若寻绝色非佳境，怎得梅开笔下花。

之三（天净沙）

访梅年入山家，土房柴灶烹茶。月下风清气
雅，临香夜画，雪姿冰骨生花。

采桑子·梅雪

　　人间何事情尤切？雪也为花，梅也为花，雪为寻梅四海家。

　　春来莫负痴情久，你奏琵琶，我念横斜，共待东方吐彩霞。

注：“琵琶”指的是琵琶名曲《阳春白雪》；“横斜”取自名诗《山园小梅》中的“疏影横斜水清浅，暗香浮动月黄昏”。

己亥春雪

之一

纷纷落落出凌霄，行至天涯万里遥。
莫怨琼妃期约晚，春枝犹未吐芳娇。

之二

那日偶闻梅正浓，寻思个空赏芳容。
哪知绝色今遭妒，惹得天公派玉龙。

己亥上元诗写孝乃福源

幼读斑衣娱老亲，不明典故意精深。

时为子女学佳话，渐悟福源承孝心。

何乐古稀听乳字，难逢高木避苍阴。

人生厚幸应如此，父母在堂堪胜金。

己亥春日

云秀风柔细柳低，盈盈玉草寸心齐。

苍生不误春光约，天赐惊雷地赐泥。

春雨酿花

细雨丝丝织碧纱，幽幽树杪笼烟霞。

莫愁春日非晴好，是为清明酿杏花。

听朗诵家黄晓丽女士诵读有感

梨花落雪凤莺啼，如饮琼浆临碧溪。

最是情深余味久，不知红日已偏西。

己亥清明偶访红螺寺

之一

城间已遍海棠红，山寺梅兰尚未穷。
四季花开均有数，人生时令与花同。

之二

红螺寺里看花人，信手拈来一树春。
胜境寻幽逢四月，无须香火问前尘。

126

清明节遇海棠

之一

杏花微雨送东风，荡漾琴心入水融。

笔下清明颜色浅，恰逢一树海棠红。

之二

春日芳菲病不胜，海棠化我玉壶冰。

有心攀折还家去，又恐折枝花朵疼。

清明节房山十渡孤山寨踏青

之一

都邑衣衫薄，谷中冰未融。

踏青来此地，萧瑟觅枝红。

之二

拾阶寻古道，飞瀑下流泉。

拒马河床领，登临一线天。

之三

不爱凿山路，偏寻水畔行。

天真小儿女，一路戏泉声。

敬赠张力夫先生

庚申回首草三芽，犹记当年点玉瑕。

晓悟诗真寻古趣，更尊力厚数方家。

为文劲骨承风雅，传道行云播李花。

恩念平生缘得遇，敬师一盏雨前茶。

采桑子·感怀

枝头又见青桑漾。笑看朝阳，暗送斜阳，不觉清宵自此长。

人生最是奔波苦。追着时光，忘了时光，可把真情心里藏。

己亥孟夏诗记梁衡读书会

2019 年 5 月 25 日"'绿色共享，生态中国'读书会暨梁衡先生《树梢上的中国》诵读分享会"在中国人民大学举办。我有幸协助组织并作为主持人参与活动。现场再次聆听梁衡先生分享自己的人文古树情怀，倾听各位朗诵家朋友诵读书中篇目。感觉人的情怀是可以共通的，大家可以相互感染，相互启发，凝成大爱。

时维四月，日丽风和。鹊鸟于飞，其鸣格格。

人大花开，京城翠色。今有嘉宾，八方来客，

满座高朋，弹琴鼓瑟。共品梁衡，古树青歌。

足遍九州，妙笔金梭。一枝青史，一叶家国。

青春领诵，名士评说。精诚客远，亲邀研琢。

人文森林，同声相和。绿色共享，生态中国。

有感梁衡先生"文泽一方"

何为椽笔大文章？福泽生民润一方。

足遍九州真可敬，立心天地自名扬。

注：梁衡先生在《树梢上的中国》分享会上讲到高寒岭人文森林公园落成时，感慨说："我们每写一篇文章，都要为地方人民谋利造福！"记下这句话以自勉。

己亥五日悼屈子

五月芳兰盛，龙舟竞逐奔。

风掀洞庭水，歌唤楚骚魂。

独醒人皆醉，孤忠气永存。

敢为狂狷客，青史有评论。

己亥夏圆明园访荷

吾爱京都夏日长，流连千亩碧荷塘。
野凫戏水波心漾，锦鲤寻珍桥下藏。
一叶小舟争景色，半堤浓柳锁幽香。
若非酷暑催时令，何见芙蕖着盛妆。

心绪

一汪清水照天然，几度风铃落梦船。

半点残云偏卷泪，默吟梵曲化青莲。

泉

亘古清流自险峰，霎而湍急霎从容。
藤萝乱石皆风景，心上天涯足下踪。

诗赠王玉明院士

近日参加王玉明院士的国艺讲堂活动，听王院士讲他写诗的故事。有感于王院士既在工程领域做出自己的卓越成就，又在传统文化方面深入钻研，肃然起敬。

文心科技本同论，情谊真知一脉存。

云影天光通活水，礼章周髀辨乾坤。

注：王玉明，号韫辉，1941 年出生，吉林梨树人。中国工程院院士，流体密封工程技术专家，机械设计及理论专家，被誉为"院士诗人"。

秋夜弹琴

玉魄照清心，人间夜已深。

云行风正好，高阁抚瑶琴。

秋思典故

姮娥思故里，入夜守蟾宫。

玉手织云锦，银辉耀颢穹。

但求千古梦，不憾一生空。

尽送婵娟久，悲欢笑语中。

太常引·抒怀

　　夜来风起月笼云，促织偶声闻。时令近秋分，草染轻霜木染痕。

　　可知近日积繁绪，终日意昏昏。几欲拟诗文，却提笔才穷思贫。

菩萨蛮·秋思

天阶夜色凉如水，风衔玉瓣离慈蕊。又是一年秋，何人心上愁？

蒹葭苍露白，已有登临客。萱草北堂香，摇情动月光。

无题

云涩月胧明，风藏幽咽声。

泪泉难拭尽，心若百钧横。

卜算子·观香山革命纪念馆毛泽东像有感

刀笔刻精魂，笔落尘埃定。万象微茫难尽知，
意化心中镜。

道义必长存，且凭时光证。领袖豪情染香山，
岁岁重阳劲。

注：在香山革命纪念馆，一进馆便能看到一尊由雕塑家、
中国美术馆馆长吴为山先生创作的 4.9 米高的大型主题雕
塑《毛泽东同志在香山》。

青岛八大关挖沙忆往昔岁月

　　回想二十年前，初到青岛读书，与现在的爱人相识相知，最终成为眷属，携手走到如今。今日带着孩子们又回到我与爱人在学生时代携手游玩的海边，看到爱人依然撅着屁股挖沙坑，正如二十年前那样，不知道再过二十年，头发花白时他是否还能有这副童心。

　　　　廿载人生梦，同窗故剑情。

　　　　朝朝总相似，岁岁亦分明。

　　　　未见鸥飞去，只闻潮退声。

　　　　青葱留碧海，白首笑沙坑。

赠诗人高昌

2019 年 10 月 27 日，国艺新时代社群为高昌老师筹办了一场主题为"不以诗歌为生命，却以生命作诗篇"的国艺讲堂。高昌老师讲述了自己十五岁志于诗，从此数十载矢志不渝，潜心致力于诗词创作与研究的人生经历。这次讲堂还邀请了田麦久先生、刘天增老师、卢冷夫老师、范京广女士等，大家有感而发说出了许多金句，如"好的诗歌作品一定要走近生活，要贴近百姓对文化的需要""诗觅知音，不需要求谁去赏赐，写好了就一定有知音""新诗也好旧诗也好，归根结底是为了表情达意，润泽生活"。我非常有幸作为主持人参与这次活动。通过高昌老师的故事和各位老师的启发，我也深有感触，觉得引发共鸣的永远是对生活的感悟，点亮我们的永远是人生的精彩。

志向诗山真意寻，难能卅载守初心。

恰如皓月千秋证，默默青霄夜夜临。

注：高昌，著名诗人，现任中华诗词学会副会长，致力于诗词创作、传播。

己亥霜降咏怀

几场冰雨送秋时，风景渐浓日渐迟。

俏丽黄栌镶赤冠，丰腴白果挂金埠。

蛰虫俯土歌成梦，孤鹤排云舞作诗。

莫惜百花凋秀色，丹心亦可压霜枝。

寒月初五见月有感

放班灯火渐阑珊，寥寂夜空唯上弦。

犹记重阳邀菊赋，诗花未放已冬天。

暮秋偶感

时逢秋色胜春光，笑见飞禽啄柿忙。

莫惧枝空乏盛景，虚怀更待雪儿香。

敬赠书法家姚俊卿先生

挥毫弄秋水，落笔洒长天。

博学成沧海，情归一涧泉。

诗赠画家张建业先生

丹青须妙手，诗寄鲁中贤。

朴厚由真意，仁怀浸墨宣。

寻幽山水路，闻道鸟花边。

人境喧嚣尔，纯然得自然。

注：张建业，号鲁中布衣。书画家、篆刻家、诗人，精通书画鉴赏。我同张建业老师一起参加过多次文化艺术活动，非常敬佩张建业老师的为人和他在绘画及美学方面的造诣。

国艺年会感怀

京都何瑞雪？故友再相逢。

诗意随弦动，花香入墨溶。

与君歌一曲，听海浪千重。

谁道朔风冷，春音已在冬。

己亥冬至有感

至夜今时转，谁将寒意催？

蓝天挥白雪，细火对金罍。

冰下泉争动，枝头蕾正推。

斋中研墨否？来点一支梅。

注：古人十分重视冬至这个节气，甚至有"冬至大如年"之说。人们从冬至开始"数九"，九九八十一天后，春天便来了。冬至这天，除了开始唱《数九歌》以外，古人还有一项十分风雅的习俗，就是画《九九消寒图》。通常会画一桠梅枝，上面有九朵梅花，每朵梅花再分九瓣，从冬至这天开始，每天为一瓣梅花点上红色，直至数九的最后一天，红梅满树，春天来也。

2019 年年末感怀

一轮明月万家灯，酒入愁肠生故情。

新岁感怀驹过隙，犹闻旧日读书声。

蓦然回首光阴换

　　真正的不惑之时，许是人生开始懂得反思之时。当生活不再是自己习惯的生活，当自己不得不为了生活而去改变的时候才知道，蜕变是带着痛苦的，痛苦比幸福和快乐更容易生发出诗歌。于是，阻隔成了契机，让自己从阳春白雪的诗词歌赋中跳了出来，转过身，抬起头，认真地回归到烟火红尘，去体味更深沉的人生之诗。

2020 年新年感怀

旧历翻新岁，遥看北斗星。

从容春又始，倏忽梦方醒。

默默遵常道，孜孜觅小径。

人生何计较，不过内心听。

2020 年的第一场雪

新岁琼妃见，偏逢夜下临。

光穿金缕线，地载玉花针。

难阻小儿女，竞飞欢雪林。

笑声传暖屋，闻尔忘弹琴。

画蛾眉·风雅

小寒风信属梅佳， 折朵寒梅煮白茶。

似有闲情在个家。不如娃，倚着窗儿点雪花。

注：古人有"二十四番花信风"之说，从小寒到谷雨，一共八个节气，每个节气又分为三候，二十四候分别对应二十四种花开，"梅花"排在第一。

己亥除夕寄语

新年除旧岁，秽与旧年归。

祈愿吉星至，更求康健围。

惜珍粮谷足，莫恋馔肴稀。

大福唯宁静，安然共曙晖。

行香子·述怀

日日匆忙，月又成轮。顾来时、势峻人勤。时而忘却、醒定晨昏。助一支笔、两清目、数篇文。

涤尘雪雨，新光景物。隔窗看，大地回春。几时它去，笔换乾坤，写艳阳天，三五友，水芳滨。

注："水芳滨"句，取自《论语》中曾子的话："浴乎沂，风乎舞雩，咏而归"句。

山花子·感怀

昨日寒枝瘦且轻，今朝怒放满枝英。不忍近拈轻一嗅，隔纱屏。

回首来时还似梦，几番辛苦几番情。不觉乾坤偷换了，亦心疼。

如梦令

之一

不觉春风过半，怎奈寒仍延蔓。嗟看世间形，
仿若时空偷换。

唯愿、唯愿，明日花开两岸？

之二

险阻不分域限，生命更无贵贱。同在宇寰中，
此岸即为彼岸。

相伴、相伴，守望云开雾散。

定风波

路见花浓柳愈长，莺歌鹊舞踏枝忙。心悦常思游远地，山水，颐和不及岭梅香。

好景人皆中意去，当下，几番怯步念尤伤。试问春神能驻否？微笑，清明风暖夜还凉。

注：颐和，指颐和园；岭梅，指郊外的山水。

天仙子

漫步林中春鸟鸣，九色花团绕蝶翎。谁人临岸放风筝。

天愈暖，动心旌，最是人间四月晴。

忆王孙

　　落花归宿是春泥，终会辞枝退彩衣。绚烂青春自有期。莫凄迷，无愧人间来一回。

166

江城子·絮

东风香雪竞韶华，梦萦纱，逐天涯。随性随行、何处是卿家？寻遍甘霖沾水化，争隔世，捧莲花。

注："沾水化""捧莲花"句，化用苏轼"柳花著水万浮萍"，传说柳絮落水中，经宿即为浮萍。

减字木兰花·初夏

婉风微雨，暗去流光知几许？化絮成萍，半世相缠半世宁。

匆匆行色，各缚凡丝皆过客。日月频抛，忽见星星点发梢。

点绛唇·长夜雨

一样黄昏，昨天霞满今天雨。心情如许，变幻皆无据。

暗忖诗途，风景频相遇。惊心句，来之不取，转瞬风吹去。

点绛唇·晴日风

又到天明，阴云已去晴空照。狂风随到，吹散唇边笑。

仿若诗情，日丽风和少。清平调，来之弄巧，可是心中好？

临江仙

夜下微风侵树杪，枝间小杏纷呈。笑思青涩也曾经。倏然二十载，素手一杯羹。

谁不蜿蜒千里路，豁然由自顽冥。只因唯愿付真情，天高银月远，静数满天星。

注：此词纪念和爱人情定二十载。

临江仙·感怀

　　空寂花园风乍起，须臾吹尽虫鸣。恍如隔世
只身轻。往来犹历历，终已别曾经。

　　等价光阴莫能外，殊途谁不孤行。每逢抉择
必真情。一弯新月小，灯火万家明。

戏题给儿剃头

学校通知开学。看儿子头发渐长，我便操刀给儿子剃头，哪知一不留神就出了"事故"。

校园仪表要修头，老母操刀儿莫愁。

眼见功成心大喜，草原忽现一沙洲。

敬赠诗友卢冷夫先生

笔下诗情心上言，人生抱素远凡喧。

白驹行去风犹在，志满身闲且养源。

偶感

黄昏雨后，重五端阳。一缕艾香，几度微茫。
逆旅人生，行行山海。风雨自然，平心以待。

卜算子·庚子五日感怀

时雨电光追，薄汗襟衫皱。佳节无心礼旧俗，寥寂家中守。

险阻总重来，何奈添殃咎。莫管明朝雨或晴，只且朝前走。

雨后感怀

暑雨黄昏后，林花乱倚枝。

虫啁求和紧，蛙鼓恐迎迟。

天阙云遮月，心头事锁知。

万般皆径曲，何况有阴时。

题圆明园并蒂莲

碧水芙蓉盛，奇花殊众芳。

同根分别美，共领一支香。

浣溪沙

　　病久阑珊无处舒。忽闻荷盛满东湖。游园兴起唤君夫。

　　玉水画桥穿锦鲤，芙蓉莲叶掩凫雏。足疲心畅忘归途。

注："东湖"是圆明园福海别称，在此指代圆明园。

庚子感怀

今岁世间烦扰多，天灾人祸月蹉跎。

强求难解胸中闷，曲水无争渐入河。

访百里画廊

之一

暑入妫川寻庇荫，天池胜地隐苍林。
望山思古接燕赵，高峡平湖留宿心。

之二

六月人间草木葱，叶芽滴翠密荫中。
岂知山色争秋意，藤葛偷描数点红。

之三

城阙久居思远方，桃源山水醉人肠。
偏随日暮归心起，愈念家中六尺床。

浣溪沙 • 弹琴

夜半寻音字谱间，吟猱勾挑向清圆。纤纤玉指抹冰弦。

琴路亦如攀蜀道，乐心当自守寒山。清风明月静时欢。

注："吟猱勾挑"为弹奏古琴的四种指法。

秋千索·弹琴

识曲调声银漏短，清凉夜、闲窗半卷。指尖寻复精音辨，刚入耳、偏飞远。

心湖几度莲花满，又几度、空山云浅。弦上有道迷中转，须记取、行当缓。

注："银漏"，银质的漏壶，此处指时间。

朝中措

　　几分浪漫几分情，落日挽云行。不恋晨光似水，却怜薄暮倾城。

　　一场秋雨，几分润色，万物清灵。纵使千般不舍，终归天地冥冥。

眼儿媚

　　银月如钩缀青霄，乌鹊已迢迢。金风徐至，螟蛉声软，桐叶微摇。

　　感时提笔填词曲，寄语那良宵。明知仙传，千年一梦，总盼星桥。

山花子·庚子七夕

又到金凤玉露时，螟虫歌久夜来迟。几度星桥连弱水，趁风儿。

今世少人穿彩线，或忘金匣守蛛丝。犹惜月前倾蜜语，寄情痴。

注："串彩线"，七夕风俗，又名"赛巧"，指七夕夜晚，女孩们在月光下结彩线，穿七孔针，谁穿得越快，就意味着谁乞到的巧越多。"守蛛丝"，七夕风俗，五代王仁裕《开元天宝遗事》说："七月七日，各捉蜘蛛于小盒中，至晓开；视蛛网稀密以为得巧之侯。密者言巧多，稀者言巧少。"

秋游圆明园

　　和家人到圆明园散心，行至西堤，看到熟悉的景物，想起许多小时候的事。到如今三十年已去，越发怀念那无忧无虑的童年，不由得感叹：人生的前半段在于经历，而后半段懂得回味，这或许就是年华馈赠的礼物吧。

偷闲半日兴中游，最爱西堤好个秋。

云阔天高湖影动，柳浓荷老画船悠。

少时杂景心头起，当下孤怀物外流。

喜悟年华行馈赠，人生逆旅是乡愁。

一络索·庚子秋分

　　时值秋分，今朝晓梦，转眼叶又红了，天又凉了，一年开始进入尾声。可是终究不敢远行，只好将愿景留于梦中，抒于笔下。

　　天气又凉几许，秋风含雨。可知正染万林红，寰宇色，随心取。

　　犹记昨番梦旅，流连思绪。追云踏遍美秋山。今题笔，留芳句。

庚子秋分

今日见一枯叶悬于枝头，叶片已经被秋风杀得斑驳，可依然紧紧依附在枝杈上，不忍落下，顿心生感慨。

一半秋天一半诗，碧空云水润心池。

金风欲剪玲珑叶，难舍相思强倚枝。

赤枣子·等儿归

天黑了，骑车上学的儿子还没有回家。心急的我坐立不安，下楼到大路上等他归来。

云月远，露微凉。长街孤影逆灯望。近骑人形细辨，又非心念小儿郎。

点绛唇

露裹微霜，此时清夜凉初透。月肥云瘦，灯影繁如宿。

佳节双临，念念亲人久。行囊厚，箭心奔走，盼执团圆手。

采桑子·人生偶感

　　枫红又点心头色，几度流光，漫惹思量，可是人生梦一场？

　　因缘纵使韶光醉，墨也成凉，碾却残香，不过行文又一章。

回首

落日余晖暖，残云拥瘦山。

世间无寂景，唯少一心闲。

点绛唇 · 琴语

月满西楼，瑶琴一曲连天际。拂弦落水，勾挑声声继。

音韵绵绵，千古相思意。易安比，此情无计，流水飞花起。

注：《月满西楼》为古琴曲。

红窗月·心绪

　　凄清霜降、梦回长，心水融融。又重阳在近，玉岭临风。却见雁随云去久长空。

　　人生哀乐成如此，渐觉从容。愿随意自在，物我相通。便是苍岩古壁葛藤红。

南歌子·重阳郊外访花

　　玉露凝霜降，苍龙隐七星。东篱花好待天明，暗忖携君偷暇向山行。

　　薄雾含清气，芦花倚岸汀。未逢菊色已移情，谁及京华重九一红藤？

庚子立冬

谁盼冬来早？我期秋去迟。

黄花盈袖际，红叶守林时。

忽见慈乌阵，犹闻雁字诗。

莫谈寒信至，唯恐朔风知。

虞美人

寒潮一夜千枝老，落叶谁人扫。徒留红柿向阳生，自有邻家鸦雀把枝登。

年年此季期飞雪，懒见天边月。寂寥犹恐更无妆，怎奈天公偏爱裸冬香。

唐多令·冬夜雅趣

暖屋笼银灯，隔窗半月明。是夜宁、几许风声。难得闲时轻杂务，随己愿，自经营。

提笔默诗经，再吟唐宋情。若添香、还抚琴筝。抬手思量心下曲？良宵引，恰相应。

注：《良宵引》为古琴曲。

冬夜月下漫步东升科技园

玉魄高悬夜色清，半池寒水半池冰。

白鹅红掌悠然舞，岸畔霓虹意趣腾。

休道枝阑空最是，但凭风紧冷难胜。

冬深亦有玲珑地，心若澄澄百媚增。

于中好·咏雪（新韵）

冬夜凄清闭暖斋，天公悄送玉龙来。苍茫大地披银氅，叠翠柏松飞凤钗。

风辗转，影徘徊，玑珠锦绣漾心怀。谁言料峭诗人懒？早盼梨花梦外开。

翡水玲珑不是冰

　　人生海海，潮起潮落，当坚持、忍耐、期盼成了生活的主题词，诗便也随之结了茧。或许是工作负荷的考验，或许是生活现实的考验，又或许是身体健康的考验，当从身体到精神都在经受磨难和蜕变时，不知道哪一天，忽然就有了更为深刻的反思和理解。原来，自己的人生只能自己面对，自己走；自己的伤痛只能自己经受，自己扛。而诗是苦难中最为神秘的变量，它会助人破茧成蝶。

2021 年新年感怀（步韵）

碧空满月待琼瑶，翘盼年更新火烧。

回首经年忙碌碌，举头前路尽遥遥。

从来险阻实难化，偏为苍生倾力消。

羽翼虽轻成长振，天人合力可翻潮。

冬游奥园看残荷枯藕有感

偶见残荷冬月景，满池金甲玉冰偎。

留将百孔听风信，可有春音信里回。

注："金甲"，指被冰冻上的、枯黄的荷藕；"百孔"，
指枯藕的孔。

鹧鸪天·急诊

风卷寒潮方过京，忽发疾病又添冰。一朝入院欹床侧，食饮成难唯吊瓶。

心渐静，体频轻，山倒游丝无力争。身临苦痛思安健，若可重来当怎行？

逢年关住院与一护工交谈有感

三九京都大地寒，唯心滚滚盼新年。

时光若可得飞驾，不待痴痴数七天。

无奈今承前岁景，痛仍未去总延延。

离人难解不眠夜，暗自登高心苦悬。

见一护工方住忙，叹称今岁不归乡。

双亲身弱惜难见，独女生孙未在旁。

近日乡愁犹更切，夜阑辗转梦难长。

不辞辛苦为谁累？双目忧忧语带伤。

烦疴横行贯两冬，艰难度日九州同。

世间多少奔波客，孤旅更悲风雨中。

虽恨归途成一梦，但求安好寄飞鸿。

信终守得云开日，明月清辉照浩穹。

又病

才过七天又进宫，风光还与旧时同。
雪花针细柔荑肿，金玉露多舌齿空。
恩感医人精手护，行求体脉宿疴通。
人生必有千般苦，各自修行各自功。

病愈回首

光阴暗剪月成弯，病若抽丝步已端。

诗赋吟哦声渐满，瑶琴勾挑指初安。

扫眉惊觉东风暖，回首笑看庚子寒。

苦涩酸咸皆是味，此番又品一辛餐。

卜算子·辛丑元日寄怀

酥雨润京都，晓雾浮津道。一阵东风云雾开，远望西山俏。

庚子化流年，辛丑春光照。莫问前程阻与长，且自迎风笑。

梅梢雪·辛丑元夕

长空明月，梢头似裹些儿雪。莫争是否星桥裂，只顾长街，灯与花如蝶。

流光宝马香风彻，华妆笑解灯谜切。觥筹歌舞随风歇，玉漏迢迢，渐送春声悦。

行香子

乍暖还寒，最是春青，夹衣冬袄迭纷更。风
香带羁，雨润含琼。盼柳抽丝、桃吐蕊、燕争鸣。

年开总是，功程待进，路途倥偬燕劳形。随
他恁地，莫断柔情。伴琴声远、诗声近、墨声宁。

南乡子·春日感怀

桃李正浓稠，移步芬芳片影留。痴看湖心鱼戏水。沙洲，几对游凫展羽收。

多久未闲游？算是年长或更尤。难说为何人渐懒。贪休，许是天长意也幽。

寻春

近日寻青山野中，恍然唯有杏花浓。

风光尽是藏何处？莫看林峰看木峰。

诉衷情·感怀

　　清明时节又是一年春，这个时候的月色通透中又带着几丝悠远和清凉，总会让人不由自主地产生哀思。夜读几首古诗，种下一场幽梦，回到那个曾经。

　　清明时节夜微凉，眉月减星光。都缘自几诗句，缠思绪点心香。

　　惊岁月，刻残阳，暗珍藏。落花身影，记忆争来，织梦成行。

春晓

家中露台是我的一方天地，每年都会种些简单易打理的花草，为自己在这个喧嚣的城中留一处东篱之约。如今这里似乎更成了我寄托情思的所在。

啼鸟惊幽梦，天明眸渐开。

镜前织秀发，心往小阳台。

玉壶新叶滴，银剪败枝裁。

无尽春光恨，难争爱惜来。

观鱼有感

　　不久前到花鸟鱼虫市场置了几条孔雀鱼养在家中，每天观察它们的生活饮食，看它们悠闲地游来游去，却不知何时起开始为它们感到悲哀。

坐观鱼戏水，不觉度光阴。

锦绣冰丝舞，芬芳烟雨沉。

食间吐哺戏，草隙有无参。

行似逍遥客，岂知无梦寻。

南乡子

　　黄雀立枝头，啁语清音入小楼。应爱今时天气好，筹谋：放下辛劳去远游。

　　回首见花休，便是残芳不忍丢。几瓣轻拈又润土，温柔，且把光阴留一留。

仲夏晨光

从小喜欢雨，觉得雨是上天让人放慢速度的一种信号。它说：不要急，慢慢来。

清风摇夜雨，啼鸟唤天明。

慵整鬓云乱，起掀蚕被轻。

提壶清兔舍，取剪理花营。

心悦添宁静，歌柔却有声。

虞美人

今年种下的荷花，终于初现芳荣，摇曳生姿。细想人生或许也是这样，有情便终将不负。

光阴不负痴人许，终盼风荷举。清圆百日守红香，多少柔情暗暗付流光。

人间总道多情苦？原为难时路。有情端得有情还，点点丝丝皆笑命中缘。

浣溪沙

　　袅袅婷婷出玉台，雅娟未歇美人来。倾城倾国竞无涯。

　　蕊落香尘清悦骨，瓣生微雪湿香腮。和风和雨慰心怀。

注："雅娟""美人"为荷花的两个品种。

西江月·天安门观礼有感

2021 年时值建党百年，我有幸作为单位代表于 7 月 1 日到天安门观礼，填词记之。

风展旌旗如画，歌传万里城乡。繁花礼炮振心肠，铁甲银鹰雄壮。

豪迈宣言发聩，国民众志高昂。惊涛寰宇眼青量，锚起巨轮劈浪！

辛丑小暑清晨歌咏生活

清晓凉台甘露沉，知为夜雨悄来临。

飘香藤展红芳竞，玉碗莲娇荷叶参。

伏暑天长兴草木，年时半过减光阴。

鸽翔但见云舒卷，婉转诗歌细细吟。

夜雨

　　整理花草成为我此段时光中的乐趣，每天最盼的就是清晨，看看花儿又开几朵，便觉满足。

隔窗听夜雨，心系百花娇。

清晓天方亮，凉台露或消。

提裙清积水，持剪理残条。

又数芳苞个，眉伸唇月翘。

秋词

初晨清兔舍，西有玉风来。

冗柳惊幽动，残荷忽散开。

鸣虫声带怯，飞鹊影无徊。

秋立已三日，蓐收当至哉。

注："蓐收"乃传说中西方之神、金神，主管秋。《山海经》载，东方句芒、南方祝融、西方蓐收、北方禺强，一同为四方神灵的代表。

牵牛花

秋雨添凉花叶黄，万枝萧瑟此枝香。

群英妒美非霜菊，漫向青云数媚娘。

秋词

瑟瑟生凉意，唯先草木知。

芳华擎玉露，碧叶泛金丝。

百鸟寻粮仁，螽斯入垅滋。

调琴歌一曲，不爱怨秋词。

注：古琴有一名曲，为李白的《秋风词》，曲调悲凉孤寂。

秋词

流云锁天际，徙鸟向南飞。

枫柿枝头艳，蒹葭叶顶肥。

才尝鲜蟹美，又睹彩秋辉。

佳节频相顾，玄冥不忍归。

遣怀

今岁水偏多，佳期又奈何。

枝头失花鸟，穹宇没星河。

伏案观鱼舞，隔窗听雨歌。

金文抄十遍，一字一婆娑。

无题

耳听诗话悟鱼经，逆旅人生各自行。

莫被浮沉囚困境，一朝风雨一朝晴。

辛丑中秋望月

之一

连朝秋好渐晴空，卷去流云落落风。
又见团圞清皎月，莫愁时缺总将穷。

之二

凉风落叶怕冬归，冷至极时便向非。
嗔怨人间行路苦？不如明月守清辉。

之三

月自何年初照人？古今情志一般真。
能连万里相思梦，可化心头百结因。

辛丑八月十六望月

寒魄今朝已有残，清辉带憾破云看。

天公难守长圆久，况是人生犹更难。

立冬飞雪（新韵）

玄冥驾玉龙，赴任百军从。

本恋秋光好，偏将草木空。

横笛吹骤曲，乱叶舞苍穹。

一夜人间换，江山万色同。

哲思

之一

人生琴瑟五音宽，切切嘈嘈错杂弹。

十指浮沉寻意满，一声更比一声难。

之二

人生海海须臾间，起伏潮波若等闲。

谷至深时涛暗涌，聚形还向顶峰攀。

之三

人生飘渺落尘埃，夹雨夹风任去来。

漫漫长途犹所向，星河入梦守云开。

之四

人生日夜风云动，冷暖阴晴变幻中。

愈向纷繁愁不尽，平心远望自然通。

日子

深冬无雪降，乏趣写诗人。

居屋理闲物，临窗逗尾鳞。

清笼看兔逸，执剪净枝陈。

回望微云缀，花添几处新。

几度忧愁明月照

　　数字化的迅速普及，让生活开启了一种全新的模式。
这种模式让一切都变得很快、很匆忙。网上开始流行起一
个词叫"内卷"，可内卷的生活与诗意的生活是那样格格
不入。我的内心中不时就会生出一种紧迫，一些恐慌，还
有一些失落，情志与心境似乎也在慢慢消减。或许只有残
存的热爱支撑着自己努力去抓住那一点叫作"诗意"的光。

忙

赶月追星意兴空，诗书尘落柜箱中。

新年本欲呼佳句，怎奈心头不起风。

听《鸥鹭忘机》有感

烟笼寒月起尘沙，欲泛灵台无处遮。

目色形神均叙意，一分虚念一分差。

注：《鸥鹭忘机》是一首古琴曲，讲赏鹭之人因对鸥鹭起了杂念，鸟儿们便不再和他亲近。其实，这曲讲的道理便是本心。心地单纯之时，会显现于形神，鸟儿们也会感受到安全，随之亲近；心生杂念之时，也同样会显现于形神，鸟儿们便会感觉到危机，于是远离。起一分虚妄，乱一分心神。因此，人要多多反省自身，时刻纠正思想的偏差，不失本心，方得始终。

北京冬奥会

2022 年 2 月 4 日至 20 日，北京冬奥会成功举办，北京成为双奥之城。

中华今岁散新声，奥运虹桥架冀京。

四海健儿乘兴至，明朝共寄雪中情。

临江仙·辛丑大寒新雪

玉蝶翩翩争妙舞，霜翎乱度清霄。欢情摇夜至晨朝。寂枝不见了，梨蕊绽千梢。

最是梦中痴盼景，依缘纵饮年交。千般挥手作烟消。春音风信至，河柳已含娇。

采桑子·冬奥

千芳柳月凌寒竞。冬也聆听，春也聆听，香漫谁家小院庭？

多情独爱梅偏盛。不惧西风，不愧东风，冰雪红装树战名。

注：此词最初创作于 2018 年 2 月 26 日平昌冬奥会闭幕，并贺中国名将武大靖短道速滑夺冠。2022 年 1 月 28 日，北京冬奥会前夕，我再看此词，发现仍有可完善之处，于是修改一稿，以迎中国冬奥，并预祝中国选手再创佳绩。正月又名"柳月"，指代时间。国人爱梅，梅在国人眼中乃君子之花。在中国传统文化中，梅有着举足轻重的地位和文化内涵，所以此词以梅代表国人精神。

壬寅立春日贺北京冬奥会开幕

瑞虎啸福春，京华聚盛宾。

星辉穹宇漫，圣火鸟巢新。

寄兴东方主，萦怀冰雪人。

天涯难阻隔，奥运结亲邻。

雪中游奥森盛赞冬奥（新韵）

纷纷素蕊落琼霄，万树千枝着玉绦。

飘渺萦怀山似浪，苍茫入目径如蛟。

游人北望谈丝带，乌鹊南瞻美乌巢。

喜赞京华承盛事，更欣瑞雪助风骚。

西江月·贺北京冬残奥会闭幕

　　昨夜东风送雨，今朝杏雪纷飞。桃枝更把蜡梅催，怎地春神微醉？

　　恰是人间二月，欣逢残奥佳期，鸟巢盛聚数荣辉，四海真情相汇。

壬寅春雪

谁穿庭树作飞花？愿为春光修彩华。

桃在枝头增别致，红妆素裹玉罗纱。

临江仙·咏春杏

近日清明迎小假，赏春莫错良辰。生华万木比清新。碎红叠乱紫，不及杏花纯。

只见朱盘擎玉骨，幽幽金蕊香陈。微寒时节鲜蜂巡。谁怜留步嗅，来做有情人。

海棠花落

昨日春方好，今朝花已老。

时光不待人，惜未寻芳早。

西江月

　　栏外落花香退，枝头小杏青呈。流莺絮雪绕闲庭，可有诗来助兴。

　　吟笔凝神炼句，调琴刻意寻情。怎生诗句总平平，嗔怪天公未赠。

立夏偶遇蔷薇

柳绵辗转护墙花，似怨骄阳无处遮。

终盼银钩催暑去，又怜绝色少人夸。

新荷

新荷昨夜已初成，碧落青霄入水横。

未见涟漪偏自在，扶摇天地骨擎擎。

南乡子

红日近燕山，螺色浓云半蔽天。嗟叹时光如逝水，阑珊，景隔斯人待几关？

回首月余间，战在沙场向万难。跌宕有常应放眼，挥鞭，莫惧风云瞬息间。

临江仙·于延庆

还记前番吟小杏，如今杏已香呈。时光不语自前行。物华从不负，哪管几人醒。

细思人生真若梦，无非终日营营。忙时总说足难停。如今停怎样？一笑理心情。

壬寅五日怀思屈子

之一

香粽沁心目，遐思至汨罗。

谁人怀屈子，此地作诗歌。

千古名常在，平生志不阿。

莲清因本质，浊水又如何？

之二

离骚歌咏处，沧水浪翻波。

后世总相问，遗声似在和。

苦寒生美玉，烈火炼金戈。

杂藻人常弃，香兰入室多。

雨后

　　每天通过同一扇窗，看到远方的山似乎都一样，似乎又都不一样，因为风云在变，天色在变，心境也在变。忘了从哪本书里看到一段话："当你听一个人讲述他有趣的经历时，你要明白，有趣的并不真的是那段经历，而是讲述的人。"

　　昨日山峦今日峰，烟云相伴自从容。

　　雨收风过天方朗，万丈金光镀玉龙。

感怀

晨起推窗忽觉凉，顿忘芒种暑将狂。

燕山幕障横南北，塞草风霜路更长。

曾记经年游远地，堪嗟当下囿城乡。

安知世患何时去，策马天涯着旧裳。

清平乐·归家

清风来顾，玉碗幽荷拨雾。频引鹊鸠寻水驻，饮罢光阴暗度。

晨扫爱兔笼栏，鸟鸣远近相环。忽地有花香落，竟洒一地清欢。

行香子·雨中泛舟奥海有感

暑雨悠然，万物清欢，共家人，舟泛空园。

涟漪鱼跃，鹭点波澜。渡一池水、三堤柳、万云天。

奔驹指弹，年华偷换。纵千般，天地无言。

御风催去，播雨求还。愿人长在、景长美、世长安。

清晨阳台观花见美景口占

洛神出水袅婷婷，杨柳无声分外宁，
争是碧空添好处，游云细翦雪花翎。

壬寅立秋

暑至极狂偏立秋，乾坤相遇使人愁。

林蝉嘈绪声时远，桐木无端影渐游。

晨起观荷知叶瑟，夜深望月觉星幽。

忽然一阵凄风紧，暗叹行将万物收。

注："乾坤相遇"，指《易经》十二消息卦中立秋对应的"否"卦，乾在上，坤在下，天地不交，与立春的"泰"卦相对，被认为不利。但也是否极泰来的开始。

壬寅白露怀古幽思

金凤生玉露，雁影度雄关。

灵宝传奇在，琵琶怨曲环。

烽烟皆作古，战马尽身闲。

唯独思乡意，排云寄月间。

注："灵宝"，飞将军李广镇守雁门关，传说其兵器为灵宝弓；"琵琶"，明妃王昭君善弹琵琶，传说出塞途中一曲《琵琶怨》惊落归雁。

醉花阴·壬寅中秋

　　月作云行遥夜雨，梦醒仍如许。相见一筵欢，苦短为常，念念相思句。

　　晓枝玉露添秋绪，黄叶寻根去。岁月总催人，再望佳期，雪打花灯处。

南乡子（新韵）

　　许久未弹琴，弦下生灰柱染尘。抬指又回心下紧，轻嗔，唯恐难拾旧日音。

　　堪叹事中人，困入时局看不真。正若有时花谢了，根存，不过枝空再待春。

南乡子

　　苍藕叶边收，莲子离蓬空穴留。芳卉怎逃霜下冷。幽幽，谁道天凉好个秋？

　　常事却难求，晓暮蜉蝣亦患忧，浅愿但寻今日好。筹谋，诡谲风云变不休。

行香子

风过秋凉，卷尽残香，枝头叶落柿儿黄。去来乌鹊，踏破晨霜，为昔时饥、当时饱、后时粮。

熙熙攘攘，红尘一丈，向来孤旅渡为常。莫忧愁喜，福祸交相，笃心中念、足下路、目中光。

采桑子

万千秋意难相赏，风远云凉。风远云凉，卷尽残花一缕香。

冰心沁水魂摇漾，暗结成霜。暗结成霜，化作寒星分月光。

情致

深秋何所适？得趣夜弹琴。

宝篆风流韵，香枝绰约深。

吟猱皆掩映，勾挑总浮沉。

弦动连绵意，心生无限音。

猫

世间灵宠百千殊，最是狸君性傲孤。

亲顺疏离凭它意，恍如它主我为奴。

记：同事送了一只两个月大的小蓝猫给我，我养在家中，取名"咖喱"。家人对它分外宠爱。一段时间后，发现猫的性格果然与想象中不同，难怪网上戏称猫为"猫主子"。

哲思

生息

立冬未见有狂风，却也杀花枝底空。
万物皆循消长路，得求生息始为终。

清骨

枯藕残荷谁解香？绝尘风雅忘秋黄。
鞠躬清骨成真意，求索幽心萃锦章。

忧喜

忧喜全凭一念间，心生慧眼把冬看。
枯枝邀月观霜舞，便盼西风送夜寒。

冬日

小雪（之一）

时逢小雪见天阴，暖屋难知寒渐深。
闭户收心隔离日，狸奴在侧有书琴。

居家（之二）

埋头伏案颈腰辛，隔望花台飞鹊频。
长立莲缸闲饮水，似知屋主不出门。

写诗（之三）

喧嚣倥偬意纷纷，半霎风来半霎云。
欲使灵台尘絮净，神飞千里觅诗文。

杂绪

之一

碌碌匆匆何所寄，一朝风起一朝息。
无边天海浪重重，身作浮舟心作翼。

之二

暑去寒来指一弹，炊烟时乱又年关。
西风可带东风信，三载将醒别梦间。

之三

人生世事蕴玄机，何必强求辨是非。
心若菩提天有色，墨云翻去彩云归。

清心仍在玉壶中

　　云行雾散、春暖花开，蜕变之后方得新生。一切似乎都没有变，一切似乎又都变了。你看到的深邃，不过是一个个平凡的累积，你看到的宁静，不过是经历过暴风雨后的坚强。"不惑不器"，忽然有一日就明白了，原来他人即是天堂，原来存在即是幸福。从这里开始，相信一切都是最好的安排，人间值得，保持热爱。

2023 年新年感怀

一年风雪一年轮，斗转星移次第循。

几度纷纭嗟旧岁，犹期安稳盼新春。

经霜方惜得心静，破雾渐明寻路辛。

海海人生无异处，唯真欢喜换轻身。

万里送雪

　　清晨打开手机，看到外甥女从德国发来了雪景照片和留言，既兴奋又快乐又感动。外甥女于 2021 年年初出国留学，孤身一人，异乡为客，从父母羽翼下的小家碧玉，成长为有勇气、能担当的大姑娘。希望她一切都好，盼早日归来。

之一

玄冥今岁远京都，带雨银沙乍见无。

正惜佳期无盛景，女甥万里寄琼图。

之二

雪偶神来帽点睛，喜扬双臂向天横。

恰逢疾列擦身过，可载相思共一程？

雨夹雪

之一

天明不觉已辰时，独倚闲窗酿雪诗。
未见空中凝玉瓣，只疑灰鹊拣寒枝。

之二

玉蝶银花自九霄，凌空化作雨飘飘。
莫非青女知春到，相约句芒醒睡苗？

之三

每逢雪雨换年轮，喜作凡间赏季人。
便是萧萧天地瑟，胸中已著百花春。

注："青女"，雪神；"句芒"，春神。

君子兰

去年春天，婆婆于青岛去世，我们带回了老人养护多年的几盆君子兰，养在北京家中。我虽然不懂种兰，一年来还是努力照料，如今是它们第一次在北京开花。

之一

木兰君子喜逢春，蕊有风姿叶有神。

曾患东花疏北土，岂知根固自安身。

之二

翠叶成弓眉色开，繁花似炬映芳台。

自从去岁家中植，便望今朝缘客来。

观花有感

时至阴历二月，家中君子兰均已陆续度过花期，唯有这株才刚刚开放。

别株放罢此株迟，何日佳期人未知。

却是奋功终不负，一花自有一花时。

杂感

行途多阻隔，时梦亦时醒。

百岁千般事，终身一部经。

苦心生智慧，善念伴安宁。

得失无分别，穷通在性灵。

仲春如画（新韵）

人间春日好，微雨暖风邀。

新燕堂前绕，游丝墙外飘。

清姿唯细柳，华茂数山桃。

绝色当如是，丹青墨未消。

春

春寒何足惧，万象蕴新踪。

远望枝头冷，微观暖意浓。

清明近

清风星夜布，绣色满神州。

百鸟寻香处，千株问细流。

花开无限梦，花谢万般愁。

待雨涤红尽，枝头絮便稠。

早荷

　　今年天气暖得早，我也早早就将花藕、莲子种下。如今才五月中旬，片片荷叶已成，静待荷开。

　　又迎一度小荷开，展展清圆破水来。

　　许是风和天气好，华裙翠带早登台。

游凤凰看《边城》

五一休假，与爱人到湖南旅游，行至凤凰，游古城、看表演、夜游沱河。

一城山水半城愁，歌咏情思吊脚楼。

桥架虹飞风雪雾，江边翠翠为谁留？

注：翠翠，沈从文小说《边城》中的女主人公。

初夏夜雨（新韵）

夜雨迎晨万物新，枝间鱼贯鸟鸣音。

圆荷默把珍珠聚，秀木频将白玉分。

远望西山隔霭雾，回眸小室伴情亲。

平凡岁月悠然度，天地镜中观自身。

清晨见花香谢口占（新韵）

　　人非草木，却常被草木所动，就像陆机在《文赋》中说："遵四时以叹逝，瞻万物而思纷。悲落叶于劲秋，喜柔条于芳春。心懔懔以怀霜，志眇眇而临云。"人乃天地孕育，自然中一生灵，其生命周期与万物之周期终归相通，故而感之怜之爱之。

　　人间六月已荼蘼，暑日催花花渐离。

　　莫去相怜应相望，一朝风雨一朝期。

般若（新韵）

万般无对错，忧喜总相依。

事事虽难料，朝朝犹可期。

安宁生自在，烦恼育菩提。

修渡唯一念，迷途便有蹊。

鹧鸪天·酷暑访水长城有感

宜水宜风不宜宾，终归难阻向山人。劈波飞艇留残影，烽火长城卧碧云。

寻迹远、探源深，拾阶步步话光阴。曾觉奔赴为佳景，今愿回头看古今。

暑夜遐思

雨后芦塘畔，蛙鸣杂水间。

繁星疑在野，明月许隔山。

静木听风讯，流云待物穿。

都言天地阔，难抵寸心宽。

少年游·毕业二十年聚会有感

疾风飒沓浪奔腾，恐误了行程。驭海飞鱼、穿空俊鸟，途路放歌声！

晨曦频换星辰远，二十载遄征。把酒今朝，友情不老，无惧鬓星星。

暑期冀陕蒙自驾之旅

河北桑干河

驱车试远途，朗日絮云出。

行至随心意，高峡览玉湖。

陕西波浪谷

龙洲蜿蜒道，红砾起荒原。

似浪奔天际，如波跃蟒川。

清潭藏谷壑，九曲入峡关。

人在坡头立，山歌心口传。

陕西红石峡

神峡居北地，风景比今殊。

鹰鸟踞拳洞，神佛藏壁窟。

壑幽溪水慢，岭浅乱云扑。

阵阵清风过，诗情心底出。

陕西镇北台

要塞高墙立，方圆旱柳栽。
赫连台火冷，款贡城门开。
北望牛羊近，南瞻汉贾来。
百年轶事远，未见驼铃衰。

陕西红碱淖

近蒙沙愈厚，稀遇漠中湖。
水映晴空满，霞飞红日孤。
碧滩嬉稚子，白浪荡游凫。
玉宇星河落，留云自卷舒。

鄂尔多斯响沙湾

渺渺莽原路，驼铃款款声。
金绸足迹浅，云锦雁翎轻。
坡壑滑沙落，岭头徒步登。
余晖藏细雨，谁唱晚风晴？

陕西老牛湾

高山行路险，堪比蜀道难。
天上黄河水，奔流入晋边。

神牛横卧此，蹄踏水成湾。

俯首蛇长舞，高瞻龙踞盘。

他年烽火地，今日百花川。

浪飞高峡过，何须至此还？

内蒙古乌兰火山

才离大漠远，又过老牛湾。

今日经何处？乌兰看火山。

晴空云万里，大地草如烟。

跑马熔岩地，饮牛堰塞边。

抬眸观四野，回首一峰前。

举步寻佳径，躬身向日攀。

会当凌绝顶，必炼老君丹。

归忆

五千里行过，终是有归期。

幸遇山河美，愈嗟途旅奇。

闲时仍把味，笑语忆尘泥。

京冀雄关壮，桑干河水迂。

朔州烟火盛，上郡土沙积。

省省何为界，高原架蟒梯。

丹霞燃烈焰，赤谷唱雄鸡。

镇北台烟冷，红石峡客熙。
古今多少事，沧海渡舟楫。
造化钟明理，阴阳归作一。
损余补所漏，天地有推析。
谁见黄沙寂，银河落水滴。
化为红碱淖，百鸟争相栖。
浪遏飞舟过，碧空映彩旗。
行程已过半，漠海变花蹊。
茶奶飘香处，草深云脚低。
响沙听落日，河谷盼晨曦。
最美火山口，乌兰察后旗。
八天游五省，长路贯东西。
喜怒哀和乐，些微更爱惜。
七年再回首，谁与共单骑？
雏燕羽将满，新程再破题。

时间

煮雨濛濛，溪水淙淙，
荷色浓浓，狼尾绒绒。
昔我往矣，杨柳初生。
今我来思，伏暑将终。

临江仙·处暑夜雨

处暑方临风瑟瑟，微凉夜潜京城。忽然燥腻换舒清，莫惊时令切，天地有神灵。

本欲花园寻晚色，怎料冰雨相迎。抱狸独坐倚窗听，残荷争做鼓，谱曲唤秋声。

浪淘沙·癸卯初秋雅聚有感

荷满聚莲蓬，声动随风。 兰亭曲水望流盅。
鸿雁排云消息到，喜上颜容。

久别再相逢，南北西东。 清茶一盏道心胸。
自是千帆归骑后，皎皎初衷。

临江仙·赠田麦久先生

华夏诗词书奥冠，新开体育文声。争将国粹记雄英。十年如一日，麦久老先生。

自是有心偏着意，爱花更护花荣。为它提笔未曾停。红尘多少事，奥运寄深情。

记：田麦久先生在雅集聚会上，赠送大家他的最新诗集。回来后，我认真拜读，肃然起敬。书内汇集了麦久先生10年来为我国奥运冠军撰写的41首诗词，从1984年第一位奥运冠军许海峰到2022年北京冬奥会冠军谷爱凌。读诗读史，感觉跟着这些诗词故事，我回顾了我国近40年的奥运之路，也重温了冠军们为国争光的精彩瞬间。同时，也为麦久先生数十年如一日致力于我国体育事业而感动，填小词回赠田先生，以表敬意。

诗赠母校北京二十中学

飞鸟千山越，难忘练翅岩。

丹忱明月照，归日玉环衔。

菩萨蛮·贺北京曲水兰亭诗社成立六周年，分韵领"水"字

2017 年 9 月 16 日，北京曲水兰亭诗社在陈新华老师提议下于中国美术馆小院竹林下正式成立。六年来，诗社坚持开展活动，社课从未间断。2023 年 9 月，时值诗社成立六周年，大家决定以"北京曲水兰亭六周年"为题，让诗友各领一韵作诗。希望诗社"晴空一鹤排云上，再引诗情到碧霄"。

金风吹落云中水，人间又看篱花蕊。还记那年时，相邀好作诗。

尺笺屏下过，月月花间课。转瞬六春秋，心随曲水流。

卜算子·贺曲水兰亭诗社成立六周年，分韵再领"六"字

又是一春秋，数指经年六。欲问兰亭曲水流？犹绕山间竹。

风雅未曾休，意气诗中沐。明月清风璞玉心，寸寸人间宿。

鸣谢

第一次出版自己的诗集，内心很喜悦也很激动。过程中不可避免地遇到了很多困难和问题，幸好有许多关心我爱护我的家人、老师、朋友的热情鼓励和鼎力相助，不但让所有问题迎刃而解，而且让我的书因他们的全力相助而熠熠生辉。在此诗集正式出版之际，特别感谢以下老师、朋友，他们是：

为本书撰写推荐序的田麦久先生、张力夫先生；

为本书题写书签的书法家刘先德先生；

为本书提供插画的国画家、篆刻家张建业先生；

为本书出版提供指导建议的诗人果志京老师、艺术家范京广老师、诗人莫真宝老师。

图书在版编目（CIP）数据

浅愿集 / 商瑶著 . -- 北京：当代世界出版社，

2024. 10. -- ISBN 978-7-5090-1859-0

Ⅰ . I227

中国国家版本馆 CIP 数据核字第 2024WV2607 号

书　　　名：浅愿集
作　　　者：商瑶
出 品 人：李双伍
监　　制：吕　辉
责任编辑：高　冉
助理编辑：田梦瑶
出版发行：当代世界出版社有限公司
地　　址：北京市东城区地安门东大街 70-9 号
邮　　编：100009
邮　　箱：ddsjchubanshe@163.com
编务电话：（010）83908377
发行电话：（010）83908410 转 806
传　　真：（010）83908410 转 812
经　　销：新华书店
印　　刷：北京精彩世纪印刷科技有限公司
开　　本：889 毫米 ×1194 毫米　1/32
印　　张：10.5
字　　数：202 千字
版　　次：2024 年 10 月第 1 版
印　　次：2024 年 10 月第 1 次
书　　号：ISBN 978-7-5090-1859-0
定　　价：98.00 元

法律顾问：北京市东卫律师事务所 钱汪龙律师团队
　　　　　（010）65542827

当代世界出版社
微信公众号

当代世界出版社
抖音号